船手奉行うたかた日記

花涼み

井 川 香 四 郎

幻冬舎文庫

船手奉行うたかた日記

花涼み

目次

第一話　花涼み

一

火事と喧嘩《けんか》は江戸の花というが、日の本一の花といえば、隅田川の花火である。

轟音《ごうおん》とともに夜空に華麗に広がる勇壮な花火を仰ぎ見るために、江戸っ子のみならず近在の庶民たちがどっと押し寄せる。

両国橋の上、土手に並んだ茶店、そして川面《かわも》を埋め尽くす屋形船の群れには、無数の人々の興奮した息吹《いぶき》が漂っていた。

「玉屋ア!」

「鍵屋ア!」

両国橋の上流が玉屋、下流が鍵屋。花火船から、柳火、群光星、村雨星、乱火、赤熊などという様々な工夫を凝らされた美しい夜の花が咲く。

納涼の始まる五月末の川開きから、三月の間は、〝夜間営業〟を許された出店で賑《にぎ》わっているから、ここ両国橋一帯は毎夜、爽やかな川風に誘われた人々で、まさに立錐《りっすい》の余地もなかった。享保年間から始まったこの花火は、悪疫退治の意味もあった。

——千人が手を欄干や橋すずみ。

松尾芭蕉《まつおばしょう》の弟子である宝井其角《たからいきかく》も、花火を楽しむ人々の情景をこう詠《よ》んでいる。

だが……。

そんな遊興の中で、行楽とは関わりなく、屋形船の間を縫うように疾走するチョロ船があった。チョロ船とは、猪牙舟《ちょきぶね》のことだが、御船手《おふなて》で呼ばれていた正式名である。チョロには、「水押《みずお》しチョロ」と「箱チョロ」があったが、一本水押形のものだった。

舳先《へさき》に仁王のように立って、あちこちを凝視しているのは、船手奉行同心・早乙女《さおとめ》薙左《なぎさ》で、櫓《ろ》を漕《こ》いでいるのは船頭の世之助《よのすけ》だった。まだ童顔の残る薙左に対して、世之助には多くの修羅場をかいくぐってきた渋みが全身から溢《あふ》れている。

「あの船か」

「いや、違う」

「向こうではないか、世之助さん」

「違う、違うッ」

「あの赤い提灯《ちょうちん》の船はどうだ」

「くそうッ。どこだ、一体、どこにあるってんだ」

ふたりの苛々《いらいら》は頂点に達していたが、激しく感情をぶつけあっているときではない。だが、冷静になろうと思えば思うほど、薙左は焦りのため額《ひたい》も脇《わき》の下もぐっしょりとなってきた。

ドドドン——！

花火が上がるたびに、ビクンと全身が痙攣《けいれん》し、心臓が破裂しそうになる。

「大丈夫だ……時はまだある。時は、まだある……」

そう呟《つぶや》きながら、薙左は次々と波間から迫ってくる屋形船を避けながら、あの海風にゆれる脅し文を思い出していた。


——屋形船を爆破する。


という脅し文が、船手奉行所の朱門に張りつけられていたのは、隅田川川開きの十日ほど前のことだった。

船手奉行所は鉄砲洲《てっぽうず》稲荷《いなり》に隣接している。本湊《ほんみなと》町、船松町、明石町には炭問屋や酒問屋などが連なって賑やかだが、夜になればパッタリと人通りが少なくなるので、誰が脅し文を張ったかはまったく分からなかった。その文は公文書に使われるような、しっかりとした程村《ほどむら》紙《がみ》で、

『川開き　大勢死んで　めでたいな　屋形の船に　花火落つ』

と五七調で書かれてあった。

それを最初に見つけたのは薙左で、

「なんだ、この悪戯《いたずら》は……」

　というくらいにしか、思っていなかった。

　なぜなら、この辺《あた》りは春は鱚《きす》、秋は鯊《はぜ》が上がる良好な釣り場があって、鰈《かれい》やカマスも容易に獲《と》ることができるため、釣り人が多かった。〝大漁〟で浮かれて、陽気に酒を飲む者もいる。そういう連中が、戯《たわむ》れに書いたものに違いないと判断したのだ。

　だが、同じ日の夜に、

『試しに　一丁　おんぼろ船を壊します』

　と、同夜の子《ね》の刻、湊河岸《がし》の外れの船着場に、捨て置かれたままの猪牙舟を爆破すると記されてあった。

　船手奉行・戸田泰全《とだたいぜん》はすぐさま、船手与力《よりき》の加治周次郎《かじしゅうじろう》、筆頭同心・鮫島拓兵衛《さめじまたくべえ》、そして、新米の早乙女薙左ら同心や下役らに命じて、探索をさせたが、半壊したままの猪牙舟には、それらしき爆発物はなかった。それでも、脅し文にあった刻限まで、様子を探っていると、いつ誰が、どうやったのか、子の刻になった途端、

　――ドカン、ドカン！

　と猪牙舟が爆発し、真っ赤な炎が燃え上がった。

　驚愕《きょうがく》した加治たちはすぐさま火を消した後、猪牙舟を改めて調べると、船底の航《かわら》という部

分と上棚の隙間《すきま》に、火薬が詰め込まれていた跡があった。しかも、どういう仕掛けか、しぜんに導火線に火がつくカラクリになっていた。

「これは……」

じっくりと見ていた世之助が凝然《ぎょうぜん》となって、

「こりゃ、えれえもんだぜ」

と嘆息した。

「何がえれえもんなのだ、世之助」

加治が訊《き》くと、他の者たちも真顔で凝視した。

「へえ……」

世之助は眉間《みけん》に皺《しわ》を寄せながら、脇差《わきざし》を抜いて、船底に散らばっている小さな金具や歯車のようなものを切っ先で寄せ集めた。その繊細な動きはいかにも世之助らしい、神経の行き届いたものだったが、傍目《はため》には何をしているか、よく分からなかった。

「難しい仕掛けでもあるのか。おまえの食指が動くような」

もう一度、加治が言うと、世之助は苦笑いをした。

元は御召御船上乗役《おめしおふねうわのりやく》という御家人だったが、船手奉行所に来てから、世之助はなぜか武士を捨て、船頭として奉行の戸田泰全に命を預けたのである。その理由は、ある事件で失策をして、その始末をして貰《もら》ったからとか、命を助けて貰ったからとか言われているが、その真相は分からない。

ただ、戸田奉行を私淑《ししゅく》しているがゆえに、その家臣となったものの、家禄《かろく》をもらうわけではなく中間《ちゅうげん》扱いである。

「どうなのだ、世之助」

鮫島も心配そうに見やった。脅し文が来てから、この猪牙舟のことは何度も調べたのである。まさか船底に仕掛けられていたとは、思いもよらなかった。

いや、探索が甘かったと言える。万が一、人がいたとしたら、確実に死んでいたであろうほどの爆破だからである。

細かな金物や歯車、釘などを集めた世之助は確信を得たように頷《うなず》いて、

「加治様、ご覧下さい……吹っ飛んだものもあるから、断定はできかねやすが、これは時を定めて爆破させたと思われやすね」

「時を定めて？」

「へえ。あの脅し文には、子の刻と記してやした。丁度、その刻限に、爆破したとなると、そうとしか考えられやせん」

「どうやって、そんなことが……」

「難しいけれど、できやすよ。時の鐘を鳴らす基になっている時計がありやすでしょ。あれと同じようなカラクリでしょう」

「時計……」

「それほど確かな計《はかり》でなくとも、砂時計のようなものでもできるかもしれません。ですが、この仕掛けの場合は、長い時をかけてますから、砂時計では無理でございやしょう。何しろ、我々は三刻《みとき》余りも探索したり、ここで見張りをしていたが、猪牙舟に近づく者はいなかった」

「ということは……」

「そうです。時を計って、この火打ち石と少しの油で、火種を発して、火薬に燃え移るようにしていたのです」

導火線を利用しても、火薬に火をつけるのは、そうそう簡単にできることではなかった。しかも、このような湿気の多い船底で、確実に爆破させるとは、よほど火薬に通じている者の仕業であろう。

「いや、そうでもねえぜ」

鮫島は懐手《ふところで》のまま顎《あご》を掻《か》いて、

「近頃は、蘭学流行《ばや》り。沿岸をうろついてる異国船から、こっそりそのような仕掛けを持ち込んだとしても不思議ではあるまい」

　文政八年（一八二五）の異国船打ち払い令が出てから、幕府はロシアやイギリスなどの帝国に対して、警戒心がさらに強くなった。後に起こる〝蛮社《ばんしゃ》の獄〟で、老中《ろうじゅう》・水野《みずの》忠邦《ただくに》や南町奉行・鳥居《とりい》耀蔵《ようぞう》によって幽閉された渡辺《わたなべ》崋山《かざん》などの蘭学者もまだ意気揚々と活躍しており、官医の桂川《かつらがわ》甫賢《ほけん》や伊豆韮山《にらやま》代官の江川《えがわ》太郎左衛門《たろうざえもん》、勘定奉行の川路聖謨《かわじとしあきら》らにも強い影響を与えていた。

「まさか……幕府転覆を狙っている者の仕業とでも？」

　背筋をぶるっとさせて、世之助が問いかけると、

「狙いは何か知らぬが、かような悪戯は黙って見過ごすわけにはいかぬな」

　と加治は苦々しい顔で言った。

「このような仕掛けまでして、ただの悪戯とも思いませんがね」

「うむ。どんな小さな手がかりでもよいから見つけ出せ。でないと、もっと酷《ひど》いことをやりかねないからな」

　そのとき、薙左がふいに言った。

「でも、どうして、船手奉行所なのでしょうか」

「ん？　何か引っかかることでもあるのか」

「いえ……町奉行所や代官所ではなく、どうして我々、吹き溜《だ》まりの船手奉行にこのようなものが投げつけられたのかなって」

朱門に張られていた脅し文を摑《つか》んだときの、何とも嫌な感触を、薙左は思い出していた。役人の〝吹き溜まり〟と呼ばれていた船手奉行所に挑戦状が届いたのが不思議だったのだ。

「てめえで、吹き溜まりなんて言うなよ」

鮫島が低い声で睨《にら》みつけた。

「あ、決して、そういう意味じゃ……私は歯がゆかっただけで」

若造だから怒りをうまく表現ができないので、ゴマメと呼ばれていた。

「ふん。ゴマメの歯ぎしりか」

「申し訳ありません」

薙左は素直に謝って、すぐさま探索に出かけた。

二

船手奉行所が、旗本御家人の〝吹き溜まり〟であることは、もう何十年来のことである。代々の向井将監《むかいしょうげん》が管轄《かんかつ》する船手頭《ふなてがしら》は若年寄《わかどしより》支配で、江戸初期より伝わる名門である。

それに比べて、船手奉行は老中支配ながら、二百石旗本の役職。勘定奉行が兼務することもある川船奉行とは協力体制は整えているものの、そちらが河川の運行に関わる事務を執《と》っているならば、安寧秩序を守り、治安を維持するのが船手奉行の勤めだった。

江戸湾から房総、伊豆沖などは元より、隅田川、江戸川、荒川、多摩川、さらには江戸市中に網の目のように広がっている掘割や水路を見張るのも、船手奉行の仕事である。

百万の人口を抱える大都市の江戸には、諸国の物資を運んでくる樽《たる》廻船や菱垣《ひがき》廻船をはじめ、関東八州や越後などから送られる荷船が、所狭しと集まってきていた。ゆえに、事故や事件が絶えることなく、休む暇もないほどだった。

気性の荒い海の男や川衆が相手だから、自ずと気骨があって、腕に覚えがある者しかなれなかった。文官では勤まらず、武官扱いであった。出世とは縁遠い、まさに力仕事が多かったからだ。

さらに、抜け荷や犯罪人の逃亡などに関わるから、刃傷沙汰《にんじょうざた》も日常茶飯事である。まさに命がけの任務だった。

江戸市中は町奉行の管轄であるが、水際に関しては船手奉行が預かっていた。そのため、時折、支配争いが起こることもあった。面倒な事件だと思うと、

――船手に押しつけておけ。

と死体を掘割に落として、そのまま隅田川に流してしまう不埒《ふらち》な町方同心もいた。

南町奉行所定町廻り《じょうまちまわ》同心の伊藤俊之介《いとうとしのすけ》はその最たるもので、自分の手に負えないと判断したときには、わざわざ死体を背負ってでも、掘割に捨てるという噂《うわさ》もあるくらいだ。もっとも、それはハッキリと目撃した者がいるわけではないが、

「伊藤の旦那なら、やりかねねえ」

と御用札を預かっている天狗《てんぐ》の弥七《やしち》という岡っ引も言っているくらいだから、当たらずとも遠からずであろう。

この日も——。

伊藤は袖《そで》の下を貰うために、あちこちの商家の店先を廻っては、托鉢《たくはつ》坊主のように立って袖を振るのである。主人や手代はこっそりと二朱ほどを入れるが、集まれば結構な金になる。

中には、一分金や小判を入れる豪商もいるから、いつも懐はほくほくである。

町人たちがためらうこともなく、そういう袖の下を使うのは、伊藤が筆頭同心・片山芳兵衛《かたやまよしべえ》の腹心の配下であり、その片山が南町奉行・鳥居耀蔵に目をかけられていると承知しているからである。

「鳥居様に目をかけられるのはいいが、目をつけられちゃ困るだろう」

伊藤がこのような言葉を吐けば、誰でも恐縮してしまう。鳥居耀蔵といえば、老中・水野忠邦の右腕とも言われている。

伊藤のような半端な同心は、虎の威を借る狐にすぎないが、それでも下手《へた》に睨まれれば商売ができなくなる。それどころか、あらぬ嫌疑をかけられて牢《ろう》送りにだってされかねない。そういう恐怖が庶民たちにはあった。

「もう一廻りして、今日は両国橋の料亭に、鮪鍋《まぐろなべ》でも食いにいくか、弥七」

「へえ。そりゃもう、ありがてえこって。喉《のど》を渇かしてた甲斐《かい》があろうってもんで」

「シッ」

「へ？　なんです？」

「甲斐なんて呼び捨てにするな。誰かに聞かれると、コレだぞ」

と伊藤は首を刎《は》ねる真似をした。

「だ、旦那……脅かさないで下さいよ……大体、気にしすぎですよ。そこまで怯《おび》えることたアねえでしょう」

「バカモノ。鳥居様はな……」

辺りを見廻してから、伊藤は声をひそめて、

「目付を江戸市中に放っている。それは、幕府に楯突《たてつ》く者たちを探すためだが、同時に俺た

ちの日頃の行いも見張られてるってことだ」

「だったらダメじゃないですか、袖の下なんて……」

「何を言ってるんだ。こうせよってのは、鳥居様の命令だぞ」

「へ？」

「オナラじゃないんだから、へえへえ言うな、バカ。そんなことも知らないで、南町から十手を預かってたのか。袖の下を貰えるってのは、それだけ町人から頼りにされている、イザとなりゃ役に立つと思われてるからこそだ。鳥居様はな、袖の下を堂々と取れる同心になってこそ一人前。そうおっしゃっておられるのだ」

「そうなんですか……？」

「なんだ、その疑ったような目は」

「そういうわけじゃ、ありやせんがね。旦那は得意ですから、なんやかやと色々と屁理屈《へりくつ》こねて、言い訳をするのが」

「黙れ。こちとら三十俵二人扶持《ぶち》の微禄《びろく》の身だ。おまえが当たり前におまんま食えるのも、袖の下があってのことだ。嫌なら、もう帰るぜ。鮪鍋もなしだ」

「ま、待って下さいよ、旦那。あっしは別にそんな……」

弥七がへいこら謝るので、伊藤は気をよくしたのか、強面《こわもて》をニンマリとさせて、

「端《はな》から文句を言わなきゃ、いいんだよ。さてと次は……ああ、そこでいい。近頃、稼ぎがよいとの噂の普請《ふしん》請負問屋の出雲屋だ。大勢の大工を抱えてるらしいしな。色々と妙な噂もあるし……また顔を出してみるか」

「噂……？」

「いいから、来い」

足早に寄って、暖簾《のれん》を分けて入り、伊藤は帳場に座っている番頭に声をかけた。

「何か変わったことはないか？」

番頭の佐兵衛《さへえ》が揉《も》み手で近づいてくると、伊藤は立ったままで袖を振って、

「ああ、余計な挨拶《あいさつ》はいいから。さくっといこうぜ、さくっと」

「あ、はい……」

察して帳場の所に佐兵衛が戻ろうとすると、店の片隅から声がかかった。

「相変わらず、阿漕《あこぎ》なことをしてるのですね、伊藤様」

「なんだと？」

振り返ると、そこには薙左が腰掛けていた。ギロリと目を剝《む》くように睨んだ伊藤は、

「けっ。船手のガキか」

「これでも同心なのです。随分とご挨拶ですね」

「町方と一緒にするじゃねえや。おまえたち船手奉行所は陸《おか》じゃ役立たずばかりの集まりだ。そのカッパが、俺たちの支配地で何をしてやがる」

「もちろん探索です。あなたと違って、袖の下巡りとは違います」

「てめえ、喧嘩を売ってるのか？」

「事実を言ったまでです」

弥七も眉間に皺を寄せて、ずいと半身《はんみ》になって構えたが、薙左は淡々と、

「あ、そうだ、もしかして伊藤様は、ここの主人とは面識があるのですか？」

「そりゃ、あるが、どうした」

「この店は、江戸中の橋梁《きようりよう》を造ったり修繕したりする問屋らしいのですが、顔つなぎをして下さいませんか？　此度《こたび》、私が預かっている事件と関わりがあるかと思いまして」

「ケッ。そんなこと知るけえ」

伊藤はバカバカしいとソッポを向いて、

「弥七。味噌がついた。他を廻るぞ」

と出ていこうとすると、主人の秋《しゆう》右衛門《えもん》が出てきた。割腹のよい、おっとりとした、いかにも商人風の態度だった。

その顔を見るなり、伊藤の方がなんとはなしに下手《したて》になって、

「秋右衛門……おまえの店では、色々と変わった橋を造っているそうだが、稼ぎも相応なものだそうだな」

「はい、お陰様で」

「だが、万が一、事故があったり、妙な事件が起これば何かと面倒だ。南町奉行鳥居様のお墨付があれば、ややこしいことは何もあるまい。分かるな？」

伊藤が袖をぶらぶらと振ると、秋右衛門は丁重に頭を下げて、

「申し訳ありません。私どもは仕入れ先と奉公人の他には、金を払う所以《ゆえん》がございませぬ。どうか、お引き取り下さいませ」

一瞬、カチンときたような伊藤だったが、物静かな声のままで、

「なるほどな……鳥居様がおっしゃっていたことが、よく分かったよ」

「は？　どういうことでございましょう」

「おまえの店は、跳ね橋だの回転橋だの、ちょっとしたカラクリ仕掛けのものが多い。狭い掘割を少しでも荷船が多く通れるように、橋桁《はしげた》を高くしたり、時に応じて、ずらしたりする仕組みも造るそうだが……そのためには、蘭学の知識もかなり使っているそうだな」

「それは色々でございます。棟梁たちの腕と智恵に任せてますから」

「黙れ、秋右衛門……」

伊藤はあえて不機嫌な面構《つら》えをして、

「俺がその気になりゃ、どうとでも上に報《しら》せることができるのだ。鳥居様は出雲屋のことを、渡辺崋山ら公儀に逆らう輩《やから》の一味と睨んでおる」

「そのようなことは決して……」

「ならば、余計な詮索《せんさく》をされたくあるまい。おまえも他の店の主《あるじ》たちと軒を並べるがよい。店の軒の高さが決められているようにな。その意味、もはや分かるな」

明らかに賄《まいない》を要求していたが、秋右衛門は素直に従いそうになかった。だが、このままでは、伊藤は何をしでかすか分からない。無理《むり》じ強いをした挙げ句、あらぬ嫌疑をかけて、大番屋に連れ込み、〝謀反者〟に仕立て上げるくらいは朝飯前の男だからである。

「待って下さい、伊藤様」

「なんだ、若造。文句があるのか」

「大いにあります。まず、先客は私です。次に、あからさまに袖の下を求めるのは、町方同心として許されぬこと。少々のことなら目をつむる、それが鳥居様の考えではありませぬか？　そこまで鳥居様の名を出して、袖の下を取ると言うのでしたら、私からも確かめてみましょう……鳥居様がそうあなたに命じているのかどうか」

「早乙女、貴様……」

断じて譲らぬという目つきで、薙左は伊藤を睨み返した。煮えくりかえるような顔の伊藤を見て、弥七がいきなり殴りかかってきた。それを見切って避けた薙左は、目にも留まらぬ速さで足蹴《あしげ》にして、ぶっ倒した。

——ドテッ。

背骨でも折れたかのような激しい音がして、弥七は土間で苦しんでいる。

小野派一刀流を極め、関口流柔術を嗜《たしな》む薙左にとって、弥七はもとより、伊藤とて到底、敵《かな》う相手ではなかった。ズイと肩を突き出して伊藤に向けるや、

「これ以上、無理強いするなら、表にて決着をつけましょうか」

「…………」

「如何《いかが》します？」

伊藤はしばらく薙左を睨んでいたが、吐き捨てるように、

「いい気になるなよ。てめえらなんざ、ひねり潰《つぶ》すのに雑作はいらぬのだ」

と黒羽織を翻《ひるがえ》して出て行った。弥七は咳《せ》き込みながら後を追ったが、店の敷居に爪先を引っかけて、そのまま前のめりに倒れた。

見ていた番頭や手代らが、思わず笑ったが、主人だけは真剣なまなざしで見送っていた。その射るような目を、薙左はさりげなく眺めていた。

三

「なんとも頼もしい限りですな……そうですか、戸田泰全様のところに、あなたのような若侍が来ていらしたとは、知りませんでした。どうか、ご勘弁下さいまし」

薙左を上座に座らせて、秋右衛門は丁重に頭を下げた。戸田とは深い信頼で結びついているようでもあり、どこか深い話は避けているようでもあった。

「あの伊藤様という同心は、本当にしつこくて困ります。前にも、うちの二番番頭をつけ回しましてね、ある蘭方医と昵懇《じっこん》だったことに因縁をつけて、金をせびってきたことがあります。その折、戸田様に相談したら、裏から北町奉行の遠山様にお話をして下さり、それからは、姿を現さなかったのですが」

「そんなことが……」

「ええ。町の迷惑者です、本当に。手下をしている天狗の弥七というのも、元は浅草辺りを根城にしていた、ならず者ですからね。やってることは今でも、大して変わりありませんが……ああ、これは余計なことを話しました」

「構いませんよ。私もあの男は好きではありません」

秋右衛門が微笑で頷いていると、丁稚《でっち》が茶を運んできた。よく躾《しつ》けられているらしく、きちんと挨拶をして、菓子を置いて立ち去った。

「ところで早乙女様、お話とは？」

「戸田奉行から、あなたを訪ねれば分かることがあるかもしれぬと教えられまして」

「どういう用件で」

「実は……」

薙左はゆうべ起こった爆破事件を、かいつまんで話した。

秋右衛門は驚くと同時に、どうして自分を訪ねて来たのかも不思議に感じたようだ。

「普請といえば、モノを立てる前に、緻密《ちみつ》な計測をしたり、岩盤を掘削《くっさく》したりする。その匠《たくみ》の技は誰でも持っているものではありません」

「まさか、うちの奉公人が関わっているとでも？」

「いや、その逆です。お奉行はあなたのことを心の底から信頼している……というより心酔している。本当なら商人なんかではなく、天下を変えてしまうような蘭学者であると」

「これは有り難いお言葉ですが、戸田様は買い被《かぶ》りが過ぎまする。たしかに私は若い頃、長崎に行ったりして、少々、学者の真似事をしたことがありますが、所詮は長男の甚六でして、何をやっても中途半端。親に泣かれて、こうして稼業を継いだまでです」

「ご謙遜《けんそん》を……渡辺崋山や宇田川榕庵《うだがわようあん》という人にも影響を与えたとか」

渡辺崋山が教育者で技術者ならば、宇田川榕庵は科学者や医学者というところか。ふたりとも西洋技術や知識を駆使して、世の中をよくしよう、なかんずく人々の暮らしをよくしようと行動した偉人であった。

「私がふたりに影響を……とんでもありません。何度か会ったくらいの話で、随分と年上の私の方が色々と教えて貰ったのです」

「それで、鳥居様に睨まれている」

「まあ、それは鳥居様のお立場ならば、当然でございましょう」

深い溜息《ためいき》をついて、秋右衛門は遠い目になった。幕府から〝異分子〟扱いされていることは事実で、あらぬ疑いを恐れた秋右衛門は、妻子とは離縁し我が身ひとつとなっている。万が一の折は、累が及ばぬように配慮してのことだ。それほどまでに、お上の目には神経を尖《とが》らせているようだった。

「で……早乙女様は、私が爆破物を仕掛けたと疑っているのですか？　火薬を扱う者ならば、それこそ花火師などいくらでもいるのではありませんか」

疑われるのは敵わぬとでも言いたげな、少し迷惑そうな顔だった。秋右衛門のその表情を見て、薙左が何も感じなかったといえば嘘になる。

——何か知っているかもしれない。

と思ったのは事実だが、戸田奉行とは若い頃から、肝胆相照《かんたんあいて》らす仲らしいから、疑ってはいなかった。

もっとも、戸田泰全という人間は、旗本で公儀の奉行という立場でありながら、平然とお上を批判することが多かった。本来なら、きちんと登城して、芙蓉《ふよう》の間に詰めておらねばならない。鉄砲洲の奉行所は、与力の加治に任せておけばよいのだが、

「板子《いたご》一枚、下は地獄じゃないが、部下は毎日、命がけで仕事をしてるのに、千代田の城でのうのうとはしてられぬ」

と理屈をこいて、ろくに登城したこともない。

かといって、奉行所で真面目に働いているかといえば、日頃はそうでもなく、ごろんと横になっている。イザというときのためだというが、奉行所の一室では、船手同心や船手中間たちが、酒を飲みながら賽子《さいころ》賭博《とばく》などをしているから、〝吹き溜まり〟と呼ばれているのである。

それでも、自分たちがのほほんと、昼間っから酒を飲んだり、博打《ばくち》をしたりしているのは、海も川も平穏無事である証拠だとうそぶいている同心もいる。が、薙左はそれだけはどうしても許せなかった。

「いつ何時、何があるか分からない。だから、常に何処で何が起こっても、すぐさま動けるように日頃から、心を研ぎ澄ませ、身を構えておかねばならぬ」

それが同じく船手奉行所同心だった、薙左の父親の言葉だったからである。人を助けるために死んでしまったが、職務をまっとうしたという意味では本望だったかもしれぬ。

「どうなのです、お疑いになっているのですか」

秋右衛門は気になるようで、何度か同じ問いかけをしてきたが、薙左はその都度《つど》、否定して、ただただ心当たりのある人間がいないかを尋ねた。

「花火師については、玉屋と鍵屋を通じて、鮫島さんたちが調べてます」

「そうですか……ですが、ご覧のとおり、私どもは普請《はっぱ》請負が商い。火薬を扱わぬことはありませぬが、そういうことはすべて大工の棟梁や発破職人に任せておりますので」

「では、まったく心当たりはないと？」

「ございません」

「では、この文字はどうでしょう。見覚えはありませぬか？」

薙左は脅し文を懐から差し出して見せたが、秋右衛門はまじまじと見たものの、首を捻《ひね》るだけであった。特に特徴があるわけでもないが、よく見ると、「船」という文字は舟偏に「公」という字に崩している。この文字を使う癖がある者の仕業ということだ。

「……はて、私にはとんと心当たりはございませんがね」

と言いつつも、目の前の紙から、さりげなく目を逸《そ》らした秋右衛門の顔を、薙左は見逃さなかった。対応するのが面倒臭くなったのか、それとも本当はあてがあるのか。

「では、これについて教えてくれませんか？」

「これ……？」

「橋を造るのが『出雲屋』さんの仕事ですよね。江戸には八百八橋どころか、二千もの橋があると聞いたことがありますが、江戸で最初に建てられた橋は、日本橋です」

「…………」

「あの橋幅は、それまでとは違って、人や荷物の往来を驚くほど多くした。そのような橋を今でも、あなたは作っておられる。人と人の架け橋を与えてくれているのが橋です……ところが、それを好ましく思わない人がいるのも事実です」

「どういう意味でございますか？」

秋右衛門が少しばかり不愉快な顔になるのを、薙左はじっと見据えながら、

「橋が出来たぶん、船を使うことが少なくなりました。例えば、渡し船なんかもそうですよね。かつては、あんなにあった渡し船がとんと少なくなったとか」

「それが、いかがいたしました？」

「そのために職を失った者が、橋を造る人たちに怨《うら》みを抱いたのではないかと……」

「これはまた思いもよらぬお考えでございますな」

「私たち船手奉行所は、船のあれこれを与《あずか》るのが仕事。このような脅し文がきたのは、逆に、そういう苛立ちを表したかったのではないかと思いましてね」

「どうも、よく分かりませぬな、早乙女様の考えていらっしゃることは」

「どのようなことでも疑ってみるところから始めろ……そう奉行に叩《たた》き込まれたものでして。でも、本当は人様を疑うのは嫌いです、私は。ですが、同じような事件を起こして、人々を危ない目に遭わせるわけには参りませぬゆえ」

「お若いのに、立派なお考えです。では、私どもに怨みがある者の仕業だと？」

「何も根拠がなくて言っているわけではありませぬ。北町奉行所で聞いたのですが、前に一度、これと同じような脅し文が、このお店《たな》に届いたとか」

意表をつかれたような秋右衛門だったが、それはすべて解決がついたことだと話した。しかも、船とは一切、関わりないという。

「解決がついた……ということは、脅し文の相手が分かったということですか」

「ええ、まあ……」

「それが誰か、教えて下さいませぬか」

薙左は一条の光明を得たかのように、前のめりになった。

「いや、しかし……もう、うちとは関わりのない人で……」

「前はあったということですね？」

「………」

「決して店には迷惑をかけません。教えて下さい」

じっと見つめる薙左の澄んだ瞳に、秋右衛門は断り切れなかったのであろう、こくりと小さく頷くと、

「本当に私が話したことは内緒ですよ」

「はい。武士に二言はありませぬ」

薙左の爽やかな態度に、秋右衛門はゆっくりと目を閉じてから、知っている限りのことはすべて話しましょうと誓った。

四

『からくり荘兵衛《そうべえ》』といえば、浅草橋界隈《かいわい》では知らぬ者はいなかった。人形や玩具、飾り物などの職人が集まるこの町では、ちょっとした顔だった。

主な仕事は、からくり人形を造ることである。遊技場にある弓曳き童子や、茶運び人形、飛び天狗、さらには鳥や猿などの生き物の動きを再現させた〝からくり玩具〟の精巧さで知られていた。

自宅を兼ねた工房は、鳥越神社のすぐ裏手にあり、荘兵衛は仕事の合間によく境内《けいだい》で煙草を吹かしているという。本殿に向かって左は桜、右には楓《かえで》が植えられてある。その花の咲き頃、紅葉の盛りには、ほっと心安らぐ時を過ごせる場所なのであろう。

今はそのいずれもの時節ではないが、ぼんやりと煙を吐きながら、木立を見上げている男がいた。三十半ばの働き盛りで、煙管《キセル》を持つ指は、職人らしく節くれだっていたが、いかにも巧みに道具を操りそうな手つきだった。

「──荘兵衛さんですね」

ふいに声をかけられて、荘兵衛は煙に目を細めながら振り返った。

「ああ、そうだが？」

少し離れた手水場《ちょうずば》から、笑顔で近づいていったのは薙左だった。船手が町場を歩きまわっていると、伊藤のような町方同心に、それこそ煙たがられるので、船手の白羽織は着ておらず、ただの袴《はかま》姿であった。

しかし、二本差しを見て、荘兵衛はあまりいい顔をしなかった。どうも侍が好きではないようだ。町人にあるまじき無礼な言葉遣いもそのままだった。

「仕事のことなら三年先まで埋まってるから、融通はきかねえよ。よくいるんだよ。うちの子供や孫にやりたいから、すぐに造ってくれと強引に言い寄るお武家が」

「そうではありません。私にはまだ子供がいないどころか、嫁もおりませんから」

「……じゃ、何の用だい」

取っつきにくそうな男だった。どこか人との関わりを遮断しているようだ。

近所の者の話でも、人付き合いはあまりよくないらしく、町内の催し物や祭などにも顔を出すことは希《まれ》だという。だが、町入用の金など、出すものはきちんと出しているし、神社仏閣への奉納も過分にしているから、文句を言う者は誰もいなかった。

「爆破事件があったのです」

唐突に話しはじめた。

荘兵衛はほんの一瞬、訝《いぶか》しそうに目を向けただけで、関心なさそうに煙草を吹かした。燃えかすをポンと地面に捨てると、煙草入れをごそごそとやって葉を詰めようとした。

「そんな所に落としては、バチが当たりますよ。神様の住まいに」

「神様の住まい？」

「ここは神社ではないですか」

「ふん。神様ねえ……」

深々と溜息をつくと神殿の方を振り返りながら、

「何の役にも立たない神様だ。ここはただの、俺の休息所だ」

「それは贅沢《ぜいたく》なことですね。ここに参拝すれば、お伊勢参りをしたも同じだと聞いたことがありますが」

そう言いながら薙左は、賽銭《さいせん》を投げて柏手《かしわで》を打った。

白雉《はくち》二年（六五一）に創建されたとされる鳥越神社には、日本武尊《やまとたけるのみこと》、天児屋根命《あめのこやねのみこと》、徳川家康が合祀《ごうし》されている。永承年間（一〇四六～一〇五三）の昔は、奥州平定に来た源頼家、義家親子が、名もない鳥に案内されるように隅田川を渡ることができたという伝説がある。鳥越神社の名の起こりである。

七草明けの『どんど焼き』や千貫御輿《みこし》と呼ばれる巨大な御輿による『鳥越の夜祭』は勇壮華麗で、見る者を圧倒する。昔は二万坪を超える敷地があったらしいが、家康入封の後、幕府の米蔵のために鳥越山を崩したり、川を埋めたりしたために、境内はすっかり狭くなっていた。

だが、その米俵を担ぐ力強い姿が千貫御輿の儀式として現れ、人々に親しまれている。辺りには、大工や左官、鳶《とび》などの職人が大勢住んでいることもあって、日頃から威勢のよい声が飛び交っていた。

「どうでもいいけど、お侍さん。用はなんだと聞いてる。人に声をかけといて……気持ち悪くてしょうがねえや」

「これは、どうもすみませんでした」

　薙左は振り返ると軽く頭を下げて、桜と楓の間の階段をゆっくりと下りて、

「私は、船手奉行同心の早乙女薙左という者です」

「船手……」

「ごらんのとおり、まだ駆け出しなので、よろしくお願いいたします」

「よろしくと言われてもな……」

「あなたは、からくり師としてとても知られている人なので、一度、お会いして、聞いてみたいと思ったのです」

「何を」

「先程、言った爆破についてです」

「俺は発破屋じゃねえから、人に教えるようなことはねえよ。この辺りにゃ大工が沢山いるから、そいつらに聞いた方が早いんじゃねえか？」

「火薬のことじゃないんです」

「火薬のことじゃねえ？　ますます言ってることが分からねえな。若い癖に、もっとチャキチャキと話せねえのか。何だか、苛々してくるぜ」

また煙管をスパスパと吹かしながらも、じっとその横顔を見ている薙左のことが気になる様子だった。

「なんでえ。用がねえなら、こちとら仕事の最中なんだ。帰らせて貰うぜ」

と腰掛けていた縁石から立ち上がった。

「私が知りたいのは、仕掛けられていたからくりについてなんですよ」

「…………」

「どうやったら、あんなふうにできるのかってね」

「あんなふうに？」

「ええ。ある時が来れば、しぜんに爆破するように仕掛けてあったんですが、そのようなからくりを作れる人はなかなかいない。だから、知らないかと思いまして」

「なんで俺が知ってるんだよ」

「こっちにも、まったく心当たりがないので、尋ねてみたかったのです」

「…………」

「とても素人のできることじゃない気がするんです。からくり時計を使って仕掛けたことは間違いないのです」

薙左が小さな歯車や鯨《くじら》の髭《ひげ》できた巻き糸などを、懐から出して見せた。

「からくり人形などに使われるものですよね、これは」

荘兵衛はそれを手に取って、まじまじと眺めながら、

「そのようだな」

「ほとんどが爆発で壊れてしまったので、何をどう組み立てていたのか、私たちには分かりません。いえ、船手奉行所には仕掛けに詳しい者がおりますが、それでも、ここまで細かく巧みに作ることはできますまい。やはり、かなりの熟練の者でないと……」

「だからって、どうして俺が疑われなきゃならねえんだ？」

「疑う？」

「誰から、俺のことを聞きつけたんだ？　ひょっとして、出雲屋か？」

薙左は素知らぬ顔をしたが、その様子を荘兵衛は見て取ったのであろう。

「ふん、図星か。あそこの主人とは、商いのことで、色々と面倒があったからよ。俺を貶《おとし》めようとしてんだ」

煙管を乱暴に振るようにして、苛々と煙草入れに戻しながら、

「あんたも奥歯にものが詰まったような言い草でよ、頭にくるぜ、まったく。第一、俺は猪

牙舟に仕掛ける術《すべ》なんざ、これっぽっちも持ち合わせてねえよ。からくり人形師なんだ」

と乱暴に言って、鳥居の方へ向かった。

薙左は思わず追いかけながら、

「待って下さい。どうして、猪牙舟に仕掛けたって知ってるんです？」

「え？」

「私は舟に仕掛けられたことすら、話してませんよ」

ほんの一瞬だが、〝しまった〟と強張った荘兵衛の顔は腕利きの職人ではなく、今し方、殺しでもしてきたような凶悪なものだった。

薙左は心の奥を垣間見たような気がすると同時に、妙な手応えを感じた。

荘兵衛は気を取り戻して、平静な表情に戻ると、

「猪牙舟が爆破されて燃えたことは、瓦版《かわらばん》に書かれてあったたし、船手の旦那が話を聞きに来たんだから、そう察してても不思議でもなんでもありやせんでしょ？　御免なすって」

そう言い捨てて立ち去るのを、薙左は黙って見送っていたが、

——しばらく、つきまとってみるか。

と思った。

しつこく接することで、相手は必ずボロを出す。これが探索の〝いろは〟だと、加治から

口を酸っぱくして言われ続けていたからである。

五

その男が夜毎《よごと》、屋形船で芸者遊びをしていると鮫島が知ったのは、葉桜もなくなって、すっかり夏の日射しが強くなった日のことであった。白魚が泳ぐ隅田川に涼を求めて集まる人々の顔には、日頃の憂《う》さを忘れる穏やかな表情が漂っていた。

柳橋の『綱八』という船宿に戻ってきたところを、鮫島に呼び止められた男は、凝然と振り返った。

「こ……これは、鮫島の旦那……」

「旦那じゃやねえ。久蔵《きゅうぞう》、てめえ、人足寄場《よせば》から出て来たら、俺ん所に挨拶にくることになってたんじゃねえのか？」

人足寄場は無宿者などを泊めておく所だったが、天保の世には監獄のような役目があって、罪人を閉じこめ、油絞りなどきつい使役がなされていた。久蔵とよばれた男は、元は船頭だったが、江戸で盗みや殺しなどの罪を犯した咎人《とがにん》を、船で逃がすことを裏の稼業としていた。俗に言う〝逃がし屋〟だったのである。

「すみません。なんとなく、旦那には会いづらくて」

「気持ちよく船遊びをした後で何だが、ちょいと番屋まで来て貰おうか」

本当なら、船手奉行所に連れて行くところだが、鉄砲洲まで行くのには時がかかるから、橋番で済ませることがある。橋番も町奉行所の管轄内だが、船手奉行が使うことは慣習となっていた。

「勘弁して下さいよ。これから、芸者衆と船宿で宴《うたげ》を開くことになってるんです。もちろん、あっしは幇間《たいこもち》みたいなもので、町内の旦那衆をですね……」

「おいおい。てめえの立場を考えな」

「でも鮫島の旦那……あっしはきちんとお勤めを終えて、晴れて放免された身ですぜ。どうして、番屋なんかに……」

「来れば分かるよ」

「先にその訳を聞かせて下さいやし」

自信満々の目で、久蔵は鮫島を睨むように見た。

「なんでぇ……芸者たちに聞かれないように気配りしてやってんのによ。ならば、訳とやらを話してやるよ」

いきなり佐兵衛は久蔵の胸ぐらを摑んで、力任せに振り回して、

「猪牙舟に火薬が仕掛けられて爆破された。狙いは何か知らねえが、船手奉行所に脅し文まで届けて、どういう魂胆だ」

「えっ。何の話です？」

「惚《とぼ》けても無駄だ。てめえは、どこぞのからくり師とでも手を組んで、あの猪牙舟に仕掛けをしやがった。何のためだ、エッ」

さらに鮫島が締め上げると、久蔵は必死に抗《あらが》ったが、腕の力では到底敵わない。一緒に船宿に向かっていた芸者衆も、驚いた顔で立ち竦《すく》んでいた。

「は、放して下さいよ」

「だったら、番屋まで来て正直に話せ。でねえと、もう一度、寄場に戻してやってもいいんだぜ。そこから佐渡金山送りにだってできる。いや、てめえが今までしたことを、もっと穿《ほじく》り返せば、小伝馬《こでんま》町に閉じこめた上で、死罪にだってできるんだ」

「ま、待って……待って下さいよ、鮫島様」

「様ときやがったか。てめえが、こんな贅沢な水遊びができるのは、いまだに〝逃がし屋〟をやってるって証《あかし》だ」

「そんなことしてやせんよ……本所回向院《えこういん》の富籤《とみくじ》に当たったんで。本当ですよ。二番籤ですがね、ポンと十両。だから、久しぶりの娑婆《しゃば》なんで、気晴らしに……それと、知り合いの検番の者に頼んで、これからは本当に幇間の修業をしようと……」

富籤は、富札とか富突《とみつき》とも呼ばれ、庶民にとっては憂さ晴らしでもあったが、何より宝を持ちたいという願いが込められていた。享保年間、谷中感応寺《やなかかんのうじ》、目黒不動、湯島天神が幕府の許しを得て、勧進《かんじん》のための富籤を始めたが、後に浅草観音、芝神明、白山《はくさん》権現、護国寺、根津権現など沢山の神社仏閣で、毎月のように執り行われていた。

「黙れ。てめえの適当な嘘には散々、痛い目に遭った。四の五の言わずに来やがれ」

強引に両国橋西詰めの橋番小屋に連れて来た鮫島は、土間に座らせるなり、十手でぐいっと押さえつけて、

「さあ、正直に吐きやがれ。何のために、あんな真似をしやがったんだ」

「知りません……本当に、あっしは何も知りませんよ」

初めは悲痛な声で否定していただけだが、あまりにも理不尽な鮫島のやり方に、久蔵は本来の気性が表れて、

「いい加減にしやがれ、この唐変木《とうへんぼく》！　やってねえもんは、やってねえんでえ！」

「ほら、地金が出た出た」

「てめえ……こんな真似しやがって、そっちの方が痛い目に遭うぜ、こら」

すっかり居直って、ならず者まがいの口をきいたが、鮫島には通じなかった。あらくれ男

なんぞ扱いなれており、船手奉行所自体が無法者の集まり同然だったからである。一旦、海に出れば、陸の定法どおりにはいかない。下手に法を遵守《じゅんしゅ》すれば、命だって危うい海の牙が襲ってくるからだ。

鮫島は海老《えび》吊りや石抱きでもするかのような勢いだったが、その時、腰高障子を開けて、南町同心の伊藤が入ってきた。

「派手にやってくれてるじゃないか」

岡っ引の弥七も一緒である。

「や……弥七の親分……助けて下せえ……なんで俺が、こんな目に……」

遭わなければならないのだと、久蔵が悲痛な叫び声を上げた。伊藤と弥七の顔を見た途端、急に哀れな被害者の顔になった久蔵を、鮫島は遠慮なく蹴り飛ばして、

「しおらしい顔をしやがって。虫酸《むしず》が走るぜ、おい」

鮫島は町方同心がいようがいまいが、変わらぬ様子で締め上げようとした。だが、橋番を見廻る伊藤の立場としては、黙っているわけにはいかなかった。

「船手の者が随分と出しゃばった真似をしてくれるな」

「こいつが何をしでかしたか、あんたは知ってるのか？　え、伊藤さんよ」

「なんだと……」

「こっちはこっちの調べをしてるんだ。余計な口は挟みなさんな」

「…………」

「それとも何か？　この逃がし屋からも、幾ばくか金をせしめてて、庇《かば》おうってんじゃあるまいな」

「黙って聞いてりゃ、つけあがりやがって」

「だったら、何だ」

端から喧嘩腰の鮫島は、まるで虫の居所が悪いかのように悪態をついた。伊藤もカチンときたのであろう、町奉行所の意地として、久蔵の身柄を預かると言ったが、鮫島も頑として譲らなかった。

「こいつが長年、何をしでかしてきたか、伊藤さんよ、あんたも知らぬ訳じゃなかろう」

「よく承知してるよ。だからこそ、こっちに渡して貰おうと言ってるんじゃねえか」

「とかなんとか言って、それこそ逃がし屋を逃がすんじゃあるまいな」

「ふん。船手のおまえに言われたかねえな。手柄はこっちで貰うまでよ」

伊藤は鼻で笑って、助ける気などはさらさらないと続けた。地獄に仏が現れたと期待のまなざしで見ていた久蔵は、情けない顔になって、

「ねえ、伊藤様……どういうことです、それは……」

と哀願するように見上げた。

伊藤はゆっくりと久蔵の前に座り込むと、十手をポンと肩に乗せて、

「おまえのことは南町で、改めて裁くってことだよ」

「だ、旦那……」

「おまえが逃がしていたのは、ただの泥棒や人殺しじゃねえ。鳥居様が追っている幕府に楯突く奴らばかりだ。ああ、危ない考えの持ち主の蘭学者が何人もいたんだよ」

「え、ええ⁉」

「だから、じっくり鳥居様が調べることになった。大人しく、お縄になるんだな」

「そんな……弥七。親分からも何とか言って下せえよ……おい……知らん顔しやがって、聞こえてんだろうが、弥七！」

元を辿《たど》れば、弥七も久蔵も同じ穴のムジナのようなものだ。お互い下手に庇い合えば、自分の昔の悪行がバレて、てめえの首が飛びかねない。弥七は素知らぬ顔で、番小屋の片隅で座って見守っているだけだった。さらに、喚《わめ》こうとする久蔵へ、

「控えろ、下郎《げろう》！」

と怒鳴りつけてから、伊藤は鮫島に向き直って、

「鳥居様が直々《じきじき》に、不穏分子について聞くゆえ、連れて参る」

「待て、これは……」

「異議があるならば、戸田奉行を通して、奉行同士の話し合いをするがよい。俺は命じられたがままにやっているまで。それとも、鳥居様と真っ向やり合うつもりか？」

「………」

「連れて行くぜ」

伊藤は弥七に、縄で縛れと命じた。

「――へえ」

弥七はゆっくりと久蔵に近づくと、手にしていた縄をかけはじめた。そして、二重に縄を廻したところで、耳元で囁《ささや》いた。

「このまま逃げろ。橋の袂《たもと》には俺の仲間がいて、船で連れ去ることになってる」

何か言いそうになった久蔵に、弥七はさらに小声で、

「何も言うな……後は任せろ」

と言って手を緩めた次の瞬間、久蔵はドンと弥七を突き飛ばした。

久蔵は開け放たれたままの腰高障子に向かって走り、そのまま外へ駆け出て行こうとした。

一瞬、虚を突かれた鮫島の前を駆け抜けたその時、

――バサリッ。

伊藤が久蔵を斬《き》り捨てた。

「て……てめえ……はめやがったな……」

声にならぬ声で悶《もだ》えながら、久蔵は前のめりに倒れた。

とっさに駆け寄った鮫島はすぐさま抱え上げたが、既に事切れていた。ほとんど即死だった。毅然《きぜん》と振り返った鮫島は、

「伊藤さんよ……偉《えれ》えことをしやがったな」

「逃げようとしたから斬ったまで。これもまた鳥居様の命令ゆえな」

「そうじゃなかろう。こいつがやらかしたことが公になれば、つまりはおまえの身が危ういからじゃねえのか？　てめえは金のためなら、幕府を倒そうとする輩でも逃がしていたんじゃないのか。この久蔵を使って。だからこそ、鳥居様のお取り調べを避けたかった。俺たち船手の調べも邪魔したかった。違うか！」

「何をほえているんだ」

余裕の笑みで、伊藤は弥七に命じて、死体を片づけさせた。

「案ずるな、鮫島……こいつは、猪牙舟の爆破には関わってねえよ。なぜなら、ずっとこの俺と弥七が張っていたからだ」

「！……」

「久蔵は、まこと危険分子を逃がすことに関わっていた。だから、取り調べたかったまでだ。どの道、獄門送りだったのよ」

伊藤は高笑いを抑えるように肩を震わせて、立ち尽くす鮫島を睨みつけていた。

六

その日も次の日も、薙左は荘兵衛の仕事場の近くをうろついては、日頃の様子を住人から聞きこんでいた。

だが、犯罪に手を染めるような男ではないということは誰もが証言した。愛想はあまりよくないが、人の道を外すようなことをするはずがないという評判だった。

それには幾つかの理由があった。

荘兵衛の家系は代々、からくり師をしており、主に祭礼用の人形つきの山車《だし》からくりを造るのを得意としていた。木曾《きそ》から桜や檜《ひのき》、樫《かし》の木などの材料を仕入れて、江戸ならではの技を見せる。

人形の顔には檜、胴には桜、手足の関節には樫の木など、使う部位によって材木を変える徹底ぶりだ。一見、地味に見える中に、鳥が飛んだり、花が開いたりするような仕掛けを造って、担ぎ手の呼吸や腕によって、思いもよらぬ美しい所作が広がる趣《おもむき》があった。

八代将軍吉宗の享保の改革をはじめとして、幕府は庶民に対して、倹約令を出すことがたびたびあった。その都度、派手なからくりは、お上によって制限されることもあったが、そういう時こそ、秘かに楽しめるからくりが求められた。

そのような匠の技を持つ者が、それを悪事に利用するはずはないというのである。そう断言する町名主の市兵衛《いちべえ》に、薙左は尋ねた。

「たしかにそうかもしれませんが……事は、爆破に関わることなのです。こっちもしっかり調べたいんですがね」

「と申されましても、何事も起こってないのでございましょう？」

「え？」

「誰かに被害が出たのですか。猪牙舟……しかも使われずに打ち捨てられてるものを壊したところで、何が困るのでしょう。あ、いえ、誤解はなさらないで下さい。だからといって、火薬で奉行所を脅すことが、よいと言っているのではありませぬ」

「しかしですね……」

「ただの悪戯かもしれませんし、それならば尚更《なおさら》、荘兵衛さんがやったとは思えません。ええ、私は長年の付き合いがありますが、からくりでは人を驚かせますが、他人様《ひとさま》に迷惑をかけるようなことはしませんよ」

「そうですか。私としては、下手人を挙げて、江戸の人たちが安心して眠れることを願っているだけですがね」

「ですから、お門違いではないかと思いますよ。他をお調べになった方がよろしいのではございませんか」

薙左は荘兵衛の仕事場も覗いたが、常に作業場はきちんと掃除をし、鑿《のみ》や彫刻刀などの道具類も綺麗に磨いて整えてある。その几帳面《きちょうめん》さからは、罪を犯すような人柄は窺《うかが》えない。多くの咎人がだらしないのに比べて、あまりにも清潔だからだ。

しかし、その几帳面で清潔な感じと、過日、自分を睨みつけた態度とが乖離《かいり》していて、何とも言えぬ据《す》わりの悪さを感じていた。

「百年持つものを造らなきゃと、常々、言っているんですよ、荘兵衛さんは」

と市兵衛は言った。

「代々培《つちか》った技は十年や二十年でへたばるような人形山車ではいけない。孫の代、曾孫《ひまご》の代にも、担ぎ継がれるようなものを造らねば、本物ではないとね。そういう人が、いたずらにしてもものを壊しますでしょうか？」

「…………」

「そもそも、荘兵衛さんは五代目を名乗っているが、本来なら、長兄が継ぐべきだったのですよ。でも、長兄の季助《きすけ》は、もう五年近く前に亡くなって……それから、改めて修業をし直したんです」

「亡くなった？」

「ええ。小さな頃から、とっても中のよい兄弟でね。私は十ばかり歳《とし》が上だが、昔から、その仲良しぶりはよく見てました」

「そんなに仲良しだった……」

「父親、つまり先代が早くに亡くなりましたからね、母親を守るために、それこそ一生懸命、ふたり力を合わせて頑張ってましたよ」

父親の名を兄がなかなか継がなかったのは、

——弟の方がずっと腕がいい。

と思っていたからであるという。

そのことは周囲の者にも語っており、決して自分で荘兵衛を名乗ろうとはしなかった。一方、今の荘兵衛の方も、弟の身だからと憚《はばか》っていたのだ。だから、世間には、ふたりの合作を「荘兵衛作」として公表していた。

「まあ、ふたりでひとりのような暮らしぶりだった。珍しいものですよ、あれだけ仲がいいのは。兄弟は他人の始まりと申しますが、とんでもない。助け合う姿は、本当に見ていて気持ちがよかった。けれど……」

「けれど？」

「兄の方が亡くなってから、少しばかり、荘兵衛さんは人が変わったように……口数も少なくなったし、以前のような笑顔もなくなった。まあ、気持ちを考えれば当然ですがね」

「――お兄さんは、どうして亡くなったのですか、病か何か？」

「え？　早乙女様は、それを知らずに探索をしてたんですか？」

「どういうことだい」

薙左は不思議そうに市兵衛を見やった。

「船手奉行所同心の旦那ですから、そんなことは百も承知かと……」

「言っている意味が分かりませぬが？　詳細を聞かせて貰えないでしょうか」

「はあ……いくら町名主でも、他人様のことですからな。そちらでお調べになった方が早いのではありませぬか？」

市兵衛がそう言ったとき、ふたりのやりとりを何処かから見ていたのであろう、怒り肩で近づいてきた荘兵衛が声を荒らげた。

「何をこそこそ調べてやがる。俺は何も知らぬと言ったはずだ」

摑みかからん勢いで、薙左の前に突っ立った荘兵衛を、思わず市兵衛は止めた。

「およしなさい、荘兵衛どん。お役人というのは、言いがかりをつけて、こっちが手を出すのを待っているものです。ならず者とやることは変わりません」

心外だった。薙左は役人とは人の役に立つからこそ、そう呼ばれていると心に刻んで、命がけで働いていた。にも拘《かか》わらず、大方の町人は役人のことを毛嫌いしている。そう思うだけで辛《つら》かった。

「ならず者……ですか」

「あ、いえ、早乙女様のことではありませぬ。町方にはタチの悪い者もおりましてね、ああ、これまた余計な口を……相すみません。聞かなかったことに……」

薙左は恐縮する市兵衛には何も言わず、腹立たしげに眉間に皺を寄せている荘兵衛に向きなおって、

「お兄さんが亡くなったそうですね。もしや、私たち船手に関わりがあるのですか？」

忌々《いまいま》しげに荘兵衛は唾《つば》を吐き捨てた。

「そうなのですか？」

「——関わりがあるか、だと？　ふざけたことを言いやがって！」

「きちんと話して下さい。でないと分かりませぬ、荘兵衛さん」

「うるせえッ。帰れ、帰れ。とっとと帰りやがれ！」

荘兵衛は乱暴に手にしていた彫刻刀を振り上げた。相手を傷つけるつもりはないと、薙左は分かっていたが、興奮しきっている姿を見ると、ただ事ではないと思わざるを得なかった。

よほど船手奉行所に対して怨みがあるのではないか。薙左はそう感じていた。

七

「やはりな……荘兵衛が、そんなことをな……」

船手奉行所に戻って事情を話した薙左に、加治はぽつりと言った。

表の朱門から吹いてくる海風が強くて、奉行所内の襖《ふすま》がガタガタと揺れるほどだった。潮の香りに混じって、土埃《つちぼこり》の匂いがするのは、夏本番になる前触れで、眼前の海原の遥《はる》か向こうには大きな入道雲が、もくもくと登っていた。

「あの日も、こんないい天気だった」

加治が仰ぐように空を見上げる姿を見ながら、薙左は身を乗り出した。

「——あの日？」

「うむ。尾張《おわり》から、材木船が江戸に到着した日のことだった」

江戸で使われる材木は、青梅《おうめ》や秩父《ちちぶ》の山中から運ばれることが多い。木曽からのものは、ほとんどが海から入ってくる。

幕府は五百石以上の大きな船は許可をしていないが、安宅船《あたけぶね》、伊勢船、弁才船などと大型船の中には、千五百石を超えるものもあって、幕府も見て見ぬふりをしていた。百万を超える大都市を支えるには、どうしても物資の流通に大型船は欠かせないからである。

材木を積載するものもあるが、深川木場で貯木する大きなものは、船縁《ふなべり》に添えたり、曳航《えいこう》して運んでくることが多かった。材木は木曽川のような激流を筏《いかだ》にして流し、塩を含む海水を渡り、真水と海水の混じった貯木場で寝かせることによって、ヤニを出す。そうすることで、長い年月に耐える材木に仕上がるのである。

山車作りなども、そのようにして鍛え上げられた材木を使うのは当然であった。

その日――。

紀州からの弁才船が江戸湾に現れたとき、一刻も早く材木を見たかった荘兵衛の兄、季助は数人の職人とともに、艀《はしけ》に乗って沖合まで出向いていた。

日本晴れで、風もあまりない日だった。

沖合まで材木を見に行くのは、貯木場に届く前に、よりよいものを選ぶためであり、材木問屋などの業者もドッと押し寄せていた。その小舟の群れもまた夏の風物詩で、白帆を上げて疾《はし》る船影は、陸から眺めていても爽やかなものがあった。

事故はそのとき、起こった。

うねりは少なかったが、突風が起こったために、俄《にわか》に大波が押し寄せ、横波を受けて倒れる船が相次いだのである。

万が一のことに備えて、船手奉行所からも数艘《そう》の船を出して警戒に当たっていたが、思いもよらぬ事態に、江戸湾はあちこちで混乱が起きていた。しかし、船乗りたちはお互いを助ける義務があり、また責任感の強い豪の者が多かったから、我が身を省みず、懸命に助ける姿も多かった。

加治が報せを受けて、世之助の操舵で白波を潜《くぐ》るように、ある一艘の艀に近づくと、すでに転覆し、櫓が折れて、船底が壊れて沈みかけていた。乗っていた数人の者は助け上げたが、ひとりだけ船の底梁《そこばり》に足が引っかかって気絶していた。頭を強打しているとみえ、血が流れている。

同じ船に乗っていた者たちは、

「早く助けろ。船と一緒に沈んでしまう」

と悲痛に叫んだが、同じような船が他にも数艘あった。ほんの一瞬の突風だったのに、艀は脆《もろ》くも小枝か枯葉のように漂っていて、もはや生命を失ったかのようだった。

船手奉行所の船を見つけた者たちは、大きく手を振りながら、

「こっちだ、こっちを助けてくれ!」

「沈んでいる、どうにかしてくれえ!」

「子供がいるんだ、なんとかしろ! 早く来てくれえ!」

などと声が、海風に乗ってくる。まるで阿鼻叫喚《あびきょうかん》のような叫び声に、さしもの加治も一体誰を救えばよいのか迷うほどであった。

「ここは、もう駄目だ……向こうなら、まだ助かるに違いない」

目の前の小舟に見切りをつけ、数間離れた所で沈みかかっている艀に、加治は船をつけるよう世之助に命じた。下手をすれば、自分の船も波をかぶって横転するかもしれぬが、それでも救助に向かわねばならぬのが、船手の使命である。

小さな材木船が半分ほど沈んでいたが、やはりひとりの若い男が、帆足と壊れた中棚の板に挟まれて、身動きできないでいた。

加治はすぐさま鉈《なた》や鋸《のこぎり》などを背負って海に飛びこみ、鉄棒をテコにしながら、他の水夫《かこ》とともに隙間を作り、若《や》い男を救い出そうとした。

幸い突風はすぐに止み、荒れていた海も少し治まったから、艀が沈む前に男を救い出すこ

とができた。九死に一生を得たのである。

「いつも命懸けなのですね……」

薙左は改めて、船手奉行与力や同心たちの凄さを思い知らされた気がした。

だが、加治は決して、強張った表情を緩めることはなかった。遠い日のことだが、まるで昨日のことのように語った。

つまりは、一方を助けるために、一方の船は見捨てたということである。加治はそのことを悔いていた。

「でも、最初に駆けつけた方の艀の者たちも、ひとりを除いて助け上げたのでしょう？　しかも、不幸にも艀とともに沈んだ人は、すでに死んでいた……まだ生きている方を救うのは当たり前だと思います」

そう薙左が慰めるように言うと、加治は首を振りながら、

「——初めは、あいつもそう言ってくれたよ」

「あいつ？」

「その……頭を打って沈んでしまった方は……荘兵衛の兄、季助だったんだ……本当なら、荘兵衛の名を継いでいた男だ」

「ええ!?」

衝撃を隠しきれない薙左は、がむしゃらに立ち向かってきた荘兵衛の物凄い形相を思い出していた。

――そうか……荘兵衛はそのことで、船手奉行所に怨みを抱いていたのか。

と思った。それならば、どうして初めから話してくれなかったのかと、薙左は加治に迫った。

「前もって余計なことを頭に入れていると、どうしても、そいつが怪しくなってくる。俺だって、そう思っていた……だから、あえて言わなかったのだ」

「…………」

「おまえが見て、どうだった。やはり奴がやったと感じるか」

加治の問いかけに、薙左はしばらく黙ったままだったが、分からないと首を振った。

人を疑うには、きちんと道理をふまえねばなるまい。だが、荘兵衛に関しては、なんとなく疑わしいというだけで迫っていたような気がする。その上、船手奉行所を怨みに思っているという話を聞けば、尚更、怪しいと判断したくなる。

「加治さん……」

「なんだ」

「本当に、荘兵衛の兄は手遅れだったのでしょうか」

「俺はそう判断した」

「荘兵衛は納得したのですか」

「さっきも言ったが、初めは……納得していた」

「初めはということは、後に納得できない何かが分かったということなのでしょうか」

じっと見つめる薙左の目を、加治は毅然と見つめ返して、

「間違いはなかった。俺はそう確信している。でないと、他の者が助からなかった」

「では、荘兵衛が得心できないのは、どうしてなのですか」

「それは分からぬ。おまえも調べたとおり、とても仲がよかった兄を亡くしたのだからな、年月が経《た》って、悔しさが増してくることもある……自分が何も出来なかったという悔しさだ」

「……そうでしょうか」

薙左は遠慮がちだが、責めるように言った。

「私が荘兵衛を見た限りでは、人を傷つけるような人間には見えませんでした。なのに、爆破までして船手を脅すということは、それなりの訳があるような気がします」

「俺が悪い……というのか？」

「そうではありません。おそらく荘兵衛は、加治さんが一生懸命、兄を助けようとしたこと

には感謝したんだと思います。手を尽くしたが間に合わなかった……そう自分で納得したんだと思います。私も……」

　同じ船手同心をしていた父親が、どうしても救えなかった人のことを思って苦しんでいた姿を見たことがある。幼心《おさなごころ》に、なぜそこまで苦悶《くもん》するのか、不思議に思ったこともある。だが、目の前で助けを求めている人の命は、もはや他人事《ひとごと》ではなく、自分の親兄弟も同じなのだ。と言っていた父の言葉が焼きついている。だからこそ、こっちも命懸けになれる。

「ですが、もし……そうでない何かを、荘兵衛が知ったとしたら……」

「どういうことだ……何を言いたい」

　逆に責めるように言う加治を、薙左は凝視することはできなかった。

「……分かりません。もう一度、調べてみるまでです」

「生意気なことを言うな」

　いつになく加治は語気を強めた。

「俺たちは、謎解きをしているんじゃない。まずは怪しい奴をとっ捕まえる。でないと、事態は思いもよらぬ方へ行くかもしれないのだ。それこそ、何の関わりもない人間に危害が及ぶやもしれぬ。だからこそ、一刻も早く捕らえて始末をつけねばならぬ。荘兵衛が怪しいと踏んだのなら、すぐに連れて来い。叩いて吐かせれば済む話だ」

「…………」

「分かったか」

「お言葉ですが……加治さんらしくない言い草ですね。私は、私の流儀で調べてみます」

こくりと一礼をすると、薙左はその場から逃げるように立ち去った。

「出たな、ゴマメの歯ぎしりが……ふむ。少しは、自分の頭で考えるようになったか」

加治の口元に、ふっと優しい笑みが浮かんだ。

八

その夜、荘兵衛は姿を消した。仕事場からいなくなったのである。

ただ、一枚の書き置きがあった。

『奴を殺して、私も死ぬ』

何を意味しているのか、薙左には分からなかったが、少なくとも、船手奉行所から睨まれているると気づいたのは確かなようだった。

「まさか本当に、隅田川の花火の折に仕掛けるというのかッ」

何としても阻止せねばならぬ。そして、奴とは誰か。加治のことかどうか、薙左は気になっていた。

　すぐさま町名主の市兵衛に相談をして、町火消しの鳶たちや職人仲間も動員して、荘兵衛を探すように求めた。お上の手だけでは、到底、探し出すことはできまい。何かあった後では遅いと、薙左は必死に嘆願した。

　初めは船手の手先になることを拒んでいたような町名主であったが、薙左のひたむきな姿に承諾せざるを得なかった。

「分かりました。早乙女様が望んでいるのは、荘兵衛さんを捕らえたいのは、咎人にさせたくないがため。そして、何より、関わりのない人々の命を守りたいから……よく分かりました。私も町名主として微力ながら、お手をお貸しします。場合によっては、町年寄にも話しておきましょう」

「かたじけない。助かります」

　薙左は素直に礼を言ってから、

「しかし、ここに書かれてある『奴を殺して……』の奴が誰かが気になります」

「奴……」

「町名主さんには心当たりがありませんか」

「さあ……」

首をひねっていたが、そう言えばと市兵衛は掌《て》を叩いた。

「いつぞや、日本橋の方で見かけたことがあるんです。旗本風の若い男と何やら言い争いをしていました」

「どのような言い争いを……」

「私も気になって、話に割って入ったのですが、旗本風はそのまま怒ったように立ち去り、荘兵衛さんも多くは語りませんでした。その場限りの喧嘩かと思っていたのですが、後で聞いたら、兄の死に関わりがあった……というようなことを、ぽつりと」

「兄の死と関わりが？」

「はい。そう言ってました」

薙左は身を乗り出しながらも、できる限り冷静に市兵衛に尋ねた。

「その旗本風というのは誰なのか、分かりますか？」

「たしか、勘定組頭・馬場《ばば》様のご子息だったとか……ええ、馬場様ご当人ではなく、そのご子息です。馬場様のことは何度か、冥加金《みょうがきん》や町入用のことなどで、お会いしたことがありますので」

「馬場様……」

船手奉行所に使いを走らせてから、薙左はすぐさま馬場の屋敷を訪ねた。

番町や麴町、青山、市ヶ谷など江戸城を囲むように、旗本屋敷は点在しているが、馬場家は蛎殻町《かきがら》の商家に挟まれるようにあった。近在には金座後藤家をはじめ、両替商や為替《かわせ》業者が多くあったから、勘定方としては便がよかったのであろう。

年配の用人が出て来て、主人は登城しているとのことだったが、用件は息子の方にあると薙左が伝えると、

「栄次郎《えいじろう》様のことでございますか？」

と問いが帰ってきた。

「名までは知らぬが、ご子息はおひとりですか」

「はい……しかし、栄次郎様ならば、この数日、屋敷にはおりませぬ」

「いない？　では、どこへ」

「あ、はい……」

用人は言いにくそうに俯《うつむ》くと、薙左の来訪を迷惑そうにした。

何か事情がありそうだなと察した薙左は、

「人の命がかかっているのだ。それが、栄次郎さんのことかもしれぬのです」

と念を押すように言った。何者かが命を狙っているやもしれぬとほのめかすと、用人は心当たりでもあったのか、すんなりと居場所を話した。

「今日は……柳橋の船宿『綱八』に行っていると思います」

「柳橋の『綱八』……」

鮫島が当たっていた、久蔵という男が使っていた所ではないかと薙左は思い出した。

――何か関わりがあるのか？

と考えたが、口には出さなかった。用人の話では、入れ込んでいる芸者がいて、置屋にまで入り浸っており、毎日のように船遊びをしているらしい。

「恥ずかしながら……困った跡取りでございましてね……せっかく助かった命なのに、なんともはや……」

「せっかく助かった命？」

「え、ええ……もう何年にもなりますが、屋形船がひっくり返って、危うく死にそうなところを船手の方々に救って貰いました」

「はい……」

「私もその場に一緒にいたから、昨日のことのように覚えております。たしか加治様という方です。命を張って、本当に命を賭けて助けて下さいました」

感謝の顔の用人を見て、薙左は心に引っかかるものがあった。なぜか居ても立ってもいられなくなって、柳橋の船宿に急いだ。

――花火、船遊び、爆破。

理由は分からぬが、もし荘兵衛が栄次郎と何か諍《いさか》いがあって、葬るために屋形船に火薬を仕掛けるとなると、とんでもないことが起こる。一刻も早く荘兵衛を見つけるか、栄次郎の船遊びを止めさせねばなるまい。

しかし――。

薙左が船宿に辿り着いたとき、すでに屋形船は隅田川に向かって出た後だった。

その船には、栄次郎の他に小普請組の旗本の子弟ら、二、三人と芸者数人が乗りこんでいるという。すぐさま追って行こうとしたが、船着場から見るだけでも、似たような屋形船がずらりと漕ぎ出している。

もちろん、船宿の屋号や届け出の番号などが記されているが、これだけの数になると探すだけでも大変だ。大声を上げて呼んでも、なかなか届かないであろう。だが、これから、ゆっくりと日が落ちて暗くなれば、ますます分からなくなる。

薙左はそれでも直ちに猪牙舟に乗り込んで、追おうとしたが、その前にヌッと立ちはだかったのは、誰であろう荘兵衛であった。その目は険しく、頑として行く手を阻む姿勢であった。

「どきなさい。からくり荘兵衛の名に恥じることをして、それでよいのですか」

「…………」

「馬場栄次郎さんと何があったか知りませんが、その方、一人《いちにん》を殺すために、他の人を巻き込んでよいのですか……どきなさい！」

声を強めた薙左に、荘兵衛は悪意に満ちた笑みを浮かべて、

「嫌だと言ったら？」

「…………」

「力ずくでも行くか。その刀で俺を斬り捨てて行くか」

「そんなことはしたくない。どけ！」

荘兵衛は微動だにせずに、船着場の前に立ちはだかった。

「屋形船を追いかけても無駄だ」

「なぜだ」

「そこには仕掛けてなんぞいないからだ」

「嘘を言うな。ならば、どうして、あんたはここにいるんだ」

「最後の最後に……話し合いに来たんだ、栄次郎にな」

「話し合い？」

「そうだ」

「何の話し合いだ」

「あんたに言う筋合いじゃない……いや、関わりはあるな」

と言ってから、荘兵衛はまたニタリと笑った。

理由がなんであれ、誰かが死ぬと分かっていて指をくわえているわけにはいかぬ。薙左はおもむろに、刀を抜いた。

「どいてくれ。でないと、本当に斬らねばならない」

「そうやって、またぞろ、しょうもない奴を生かすのか」

「ん？」

「船手とはそういう輩の集まりなのか？　吹き溜まりと噂されるだけのことはあるな」

「何が言いたい。どけ！」

薙左は半歩進み出たが、荘兵衛はやはり少しも避けることはなかった。

「兄貴は……あの人間のクズでしかない男のために、身代わりで死んだんだ」

「身代わり？」

「そうだ。あんたの上役の加治周次郎は、兄貴を見捨てた。兄貴を見捨てて、旗本の息子の方を助けたのだ」

「…………」

「俺も初めは仕方がないと思ってたよ……船手の話のとおり、既に死んでいたのかもしれない。だとしたら、その死体を引き上げるより先に、助かりそうな人を救うのが当たり前だと」

「加治さんは、そう判断した。間違いはなかったと思う」

「それが間違ってたんだよ。奴が助けたのは、とんでもない旗本のバカ息子。人を人とも思わず蔑《さげす》み、時に傷つけ、切り捨て御免だってやっていた」

「！……」

「その上、阿片《あへん》を秘かに手に入れて、繰り返し吸っていた。海で転覆したときも、栄次郎は阿片の取り引きをしてる最中だったんだ……ああ、俺は調べ尽くした。奴のことを……俺の兄貴の代わりに助けられたんだからな」

「…………」

「その男がまっとうな人間ならば、俺の兄貴の命は無駄にならずに済んだ……そう思えたに違いねえ……だが、あんな奴のために……あんな下らぬ人間を助けるために、俺の兄貴は死んだッ。すぐに引き上げれば、息を吹き返したかもしれねえ！　今も生きてたかもしれねえ！　死んでよかったのは、生きててもしょうがねえ、あの栄次郎の方だ！」

悲痛に叫ぶように言った荘兵衛の目には、涙が溢れていた。慟哭《どうこく》に似たものが込み上げて、胸が大きく揺れていた。

　だが、薙左は冷静に見つめ返して、

「加治さんは間違ってなかったと思う……どんな人間であろうと、助けなきゃならないんです。同じ命なんです」

「バカを言うなッ。加治は、分かってたんだ。栄次郎が旗本の息子だと分かっていた。だから、真っ先に助けた。きっと、そうなんだ」

「それも違う。加治さんは、まずは季助さんが乗っていた船を救った……ただ、季助さんの体はもう……」

「黙れ、黙れ！　黙りやがれ！」

　荘兵衛はさらに激しく叫んだが、薙左は刀を鞘《さや》に戻して、土下座をした。

「申し訳ありません」

「？——」

「たしかに、荘兵衛さんの言うとおりだ。助け上げていれば、もしかしたら、お兄さんは助かったいたかもしれない。その代わり、栄次郎の方は死んでいたかもしれない」

「…………」

「だが、私たちが助けた命を、あなたは今、消そうとしている。それは……それは何のためにですか。腹いせですか？　お兄さんを助けることができなかった、私たちへの抗議ならば、素直に受けます。ですから……人の命を……ましてや、関わりのない人々の命まで奪わないで下さい……どうか、このとおりです」

　薙左は必死に額を地面に擦《こす》りつけて、謝った。

「お願いです……私たちの目の前では……消えゆきそうな命は……どれも等しく尊いんです。少なくとも……自分より尊い……そう思えるから、加治さんもギリギリまで頑張ったのだと思います」

「…………」

「だから、どうか……腹いせなら、私たちが受けます……殺すのなら、私たちにして下さい。お願いします」

　何度も何度も懸命に嘆願する薙左の姿を見ていて、荘兵衛は茫然《ぼうぜん》と立ち尽くしていた。その時、ドドン――！

　一発の花火が上がった。いや、空砲だった。これから始まるという合図だった。

　少しだけ日陰が増えている。

「――顔を上げてくれ……早乙女の旦那……どうか、もう上げてくれ……」

　荘兵衛がぽつりと言った。

九

「大丈夫だ……時はまだある……時は、まだある……」

舳先に立っている薙左は、世之助が漕ぐのに身を任せるように、薄暗くなった隅田川の川面に広がる屋形船の群れを凝視していた。

頭の上では、次々と花火が炸裂して、美しい火花が散っている。だが、勇壮で華麗な夜の花を楽しんでいるときではなかった。「どけ、どけ」と大声で叫びながら、船宿『綱八』の屋形船を探していたが、何処にも見当たらなかった。

川が闇に包まれると、屋根に吊り下げられている赤い提灯に明かりが灯《とも》るとのことだったが、そのような船は無数にある。

花火は二百発も上がるという。その最後の一発が上がる刻限に合わせて、からくり時計を仕掛けたというのだが、もしそうだとしても、後四半刻もあるまい。

その上、見つけ出したとしても、仕掛けは船底の航というところにあるから、すぐさま取り出して壊すこともできず、水をかけて火薬を湿らせることもできない。少なくとも、乗っている者を連れ出し、その作業をする間は欲しい。それが無理ならば、沖まで曳航するしかあるまい。

「まだか……何処にも『綱八』は見当たらないぞ」

薙左の顔に焦りの色が浮かんだが、提灯をかざしたところで、屋形船の屋号は近づかない限り、なかなか分別できなかった。

「薙左さんよ、どうして荘兵衛を連れて来なかったんで」

「ん？」

「奴を連れて来てりゃ、少なくとも俺たちよりは上手《うま》く、からくりを壊せるんじゃねえかな、造った当人なんだからよ」

世之助はそう案じていたが、薙左は端から連れて来る気はなかった。万が一、爆破するようなことがあれば、荘兵衛も怪我をすることになる。また、栄次郎の顔を見た途端、悪い感情が、〝ぶり返し〟てくるかもしれないからだ。

櫓で舳先の動きを変えた世之助は、遠くにちらつく赤と青の明かりが交互に揺れているのを見つけた。船手奉行所の船からの合図である。点滅の長さや揺れる方角、廻り方などで、与力や同心が、今でいう〝信号〟のように報せ合うことができる。

「ご覧なさい、薙左さん」

「うむ。分かっている……どうやら、別の方を探した方がよさそうだな」

「へえ」

さらに櫓を漕いで、世之助は船を半回転させながら船縁を傾けた。

波は静かだが、狭い所に多くの船があると、不測の事態が起きて、大きな事故になりかねない。船頭らは船の行方をきちんと計りながら、舵取りをしているが、花火の音が続くと、普段の声かけと違って、聞こえぬときがあるから危険だ。世之助も辺りに気遣いながら、船手の明かりの方へ進めた。

隅田川を下り、そのずっと沖には、五百石程の大きな弁才船が停泊していた。

その周りには既に、船手奉行所の船の他、向井将監が管轄する幕府船も数艘、押し寄せて来ていた。

「やはり、そうか……」

世之助が櫓を漕ぎながら呟いた。

「どういうことだい」

「薙左さんも気にしていたとおり、栄次郎が乗った『綱八』の屋形船は、沖合のあの大船に接するのが狙いだったんじゃ」

「阿片の取り引きか」

「どうやら、そのようで……うちのお奉行も前々から、馬場栄次郎には目をつけていたらしくてね」

「しかし、このままでは今度は、あの弁才船と公儀の船が危ないではないか」

「そうでやすが、まあ普通の人たちに危害が及ばないで済みそうでやすね……いっそのこと、荘兵衛の仕掛けで吹っ飛んでもいいいんじゃねえか？」

「これ、世之助さん！」

「冗談ですよ」

弁才船の方へ急ぎながら、世之助は打ち上げられる花火を数えていた。

「こりゃ、早いとこ始末しねえと、まずいですぜ。後十発で所定の花火はおしまいだ」

「！……」

薙左の胸にも焦りが広がってきた。

三発鳴り終えたとき、薙左の船がすうっと、やっと見つけた『綱八』の屋形船に近づいた。花火が鳴っていないときは、不思議と静寂と闇の世界で、波の音だけが息づいていた。

「馬場栄次郎！　その船には、荘兵衛が仕掛けた爆薬がある。今すぐ、皆して、船手奉行所の船へ移れ」

声の限り、薙左が叫ぶと、屋形船の障子窓から顔を出した栄次郎が、まるで籠城を決め込んだ盗賊のように叫んだ。

「黙りやがれ！　そんな手には乗らぬぞ！」

既に、戸田泰全をはじめとして、加治や鮫島など船手の面々が緊張の顔で迫っていたせいで、栄次郎は興奮しきっていた。細面のために益々、凶悪な顔に見えた。おまけに、一緒に船遊びをしていた芸者を人質に取っており、

「下がれ！　下がれえ！」

と脅かしている。むろん、そんな脅しに屈する船手の連中ではないが、同船している旗本の子息たちも酒を飲んでいるせいか、一緒になって騒いでいる。

ドドドン――！

さらに花火が上がって、爆破の刻限が間近に迫ってきた。

「荘兵衛のことは、おまえも知っているだろう。からくり荘兵衛だ。あいつは、おまえを殺すつもりで、そこに火薬を埋めこんだ。後、花火が五回上がるうちに、その船は確実に爆破して燃え上がる。早く逃げろ！」

「うるさい！　さようなことを言って、我らを捕らえようとしても無駄だ！　下がれ、この不浄役人めらが！」

「急げッ。でないと、怪我では済まぬ。あんたも五年前、助けられたはずだ。拾った命を無駄にしてよいのか。頼む、早くこっちに移ってくれ」

薙左が叫ぶと、さらに世之助は船を近づけた。だが、酔いの勢いに任せて、栄次郎の声はさらに荒々しくなって、今にも芸者を刀で刺し殺しそうだった。

「なるほど……荘兵衛が言っていた以上のバカタレだな」

口の中でそう呟いた薙左は、弁才船や他の幕府船に『綱八』から離れるように合図を送った。すると、櫓や櫂《かい》の音がして、間合いを置いて離れて行った。

船手奉行所の船だけが、『綱八』の屋形船の周りに留まっている。もし爆発すれば、すべてが吹っ飛ぶかもしれぬ。それほどの火薬の量を、荘兵衛は仕掛けたというのだ。だが、それを説明したところで、栄次郎は聞く耳は持つまい。それどころか、余計に挑発をしている。

だが……一緒にいた他の旗本の子息は、船がどんどん離れていくことで、不安になったのであろうか、ふたりとも海に飛びこんだ。救命具を投げつけられ、それぞれが別の船に乗り上がった。しかし、芸者衆は屋形船にいるままだ。

ドドン！

また一発上がった。

後二、三発あるからと安心はできない。幾ら精巧に造っていたとしても、花火を上げる間合いはズレているであろうから、いつ爆発してもおかしくなかった。

「一刻を争ってんだ、まったく」

世之助は櫓から手を放すと、そのまま、真っ暗な海に飛びこんだ。すぐさま薙左が提灯を掲げると、魚影のように音もなく屋形船の櫓の方へ向かって泳いだ。

「……世之助さん！」

祈るように薙左は掌を合わせた。

やがて最後の一発が高々と漆黒の空に飛び上がり、バリバリという激しい爆音とともに、一際大きなしだれ柳が現れた。

橋の上や土手から、大勢の人々の掛け声や嘆息が聞こえてきそうだった。

「ほれ、見ろ。何が爆発だ。ふざけやがって。俺を誰だと思ってる。捕らえたきゃ、捕らえてみるがよい！」

栄次郎が叫んだとき、ぐらりと屋形船が傾いた。途端、ずぶずぶと艫《とも》の方から沈み始めたので、栄次郎は思わず船縁を摑んだ。

次の瞬間、加治や鮫島、そして薙左らが一斉に船をぶつけるようにして、屋形船に飛び移って、栄次郎を捕らえた。

「放しやがれッ。俺は旗本の跡取りだぞ。御家人風情《ふぜい》が何をしやがる。親父は公儀勘定組頭……」

わあわあ叫んだが、多勢に無勢、あっという間に取り押さえられた。

暗い海面からは、ぶわっと世之助が顔を現した。

「よく、やってくれた世之助さん！」

薙左が手を差し伸べると、世之助はガッチリとその手首を摑んだ。

時がなかった。屋形船の船底に斧《おの》と錐《きり》で穴を開けて、航の部分に海水を浸水させ、火薬を湿らせるしか方法はなかったのである。


その夜のうちに——。

荘兵衛は自ら、船手奉行所に爆破騒ぎの〝下手人〟として、お恐れながらと出向いてきた。戸田奉行が直々に会って、すぐさまお白洲《しらす》で吟味をしたが、

「怪我人ひとり出ているわけではないし、阿片一味を捕縛することもできた。おまえの兄を救うことはできなかったこと……儂《わし》も改めて謝ろう」

と頭を下げた。荘兵衛は恐縮して、全身を震わせていたが、戸田は当たり前のように、少し伝法な口調でこう続けた。

「俺たちはな、荘兵衛……誰かに褒められたり、感謝されたりすることは、まずねえんだよ。おまえさんのように人々をびっくりさせて、喜んで貰うこともねえ」

「恐れ入ります……」

「しかしよ、命だけは賭けてる。そのこと、ゴマメ……いや、雍左に改めて教えて貰った。だから、このとおりだ。勘弁してくれ。助けられなかったのは、俺たちのせいだ」

「とんでもありません。逆恨みでした。へえ、あんな若い同心に教えられるなんざ、私も情けない限りで、へえ、どんな罰でも受けます。申し訳ありませんでした」

「そう思うなら、つまらねえ爆弾なんざ造らないで、明日から荘兵衛の名に恥じない、からくりを造るんだな」

「え……」

「それが、おまえへの刑罰だ」

耳を疑ったような顔になった荘兵衛だが、じんわりと染みいる戸田の声を胸に感じて、さめざめと泣いた。

海鳴りと風の音が重なり合って、いつまでも響いていた。

第二話　来年の桜

一

中川の川船番所は、小名木《おなぎ》川と中川が交叉《こうさ》する北岸にあった。小名木川は船堀川と連なり、隅田川と江戸川を繋いでいる。

浦賀番所が海の関所ならば、中川番所は川の関所。江戸の治安や流通の要《かなめ》であった。関東のみならず、奥州や常陸《ひたち》から来る人や荷を積んだ船も、この関所を通らねば江戸に入ることはできなかった。

隅田川、荒川、利根川、さらには入間《いるま》川、多摩川などの大河川が、江戸周辺には幾つもあり、府内は十間《じっけん》川、竪川、大横川などが海運の水路として縦横に開けている。よって水辺に暮らす者も多く、船手奉行所の見廻りは、江戸中に広がっているといっても過言ではなかった。

この夜も——。

薙左は長沼兵蔵《ながぬまへいぞう》という先輩同心と組んで、中川番所の周辺を猪牙舟で流していた。

長沼は元北町奉行の定町廻り同心だった。ちょっとした失敗をやらかして、〝吹き溜まり〟と呼ばれる船手奉行所に左遷されたのが、もう十年も前のことである。薙左とはあまり組んだことはないが、鮫島と並び称せられるほど荒手の同心で、船を扱う者たちからは恐れられていた。

昼間は人の出入りが激しい番所界隈も、夜になるとひっそりと寝静まり、怪しい人影があれば必ず目についた。ましてや川船は、関門が閉ざされているため、決して通ることはできない。幕府の火急の用件でもない限りは、御三家や大名の荷でも、特別に通すなどということはなかった。

川沿いに植えられている桜や銀杏《いちょう》、柳などが青々としているはずだが、わずかな番所の灯《あか》りのせいで、闇に溶け込んで幽玄の世界であった。

だが、風雅を楽しんでいるときではない。今、江戸を騒がしている『因幡《いなば》の黒うさぎ』という、ふざけた名を持つ盗賊を追っているのであった。因幡の白うさぎは、ワニを騙《だま》して海を渡ったという説話があるが、頭を使うという意味と、夜だけ現れる盗賊だから、黒うさぎと名乗っているのかもしれぬ。

「本当に現れるのでしょうか」

櫓を握っている薙左は、舳先で胡座《あぐら》を組んでいる長沼に声をかけた。長沼は押し黙ったまま、闇夜を睨む猫のように鋭い眼光を辺りに向けていた。ふたりともいつもの白袴ではなく、黒っぽい着物である。

「ひととおり稼いだから、もう江戸を離れているとは思いませぬか？」

「…………」

「町方は四谷と高輪《たかなわ》の大木戸を見張り、四宿《ししゆく》まで手を伸ばしているそうですが、これだけ探していていないということは……」

「少しは黙っておれ」

長沼は不機嫌に低い声で言った。

「俺たちが探しているのは、因幡の黒うさぎだけではない。町方は町方、船手は船手。それとも、もう疲れたのか」

「黒うさぎだけではない？」

「黙って漕げ」

「――すみません……」

静寂の中に、蛙《かえる》の鳴き声や鯉《こい》が跳ねる音が聞こえる。櫓の音がやけに大きく響いて、闇という黒い壁に跳ね返っているようだ。盗賊の耳は、普通の人間の二倍も三倍も研ぎ澄まされているという。目に見えないものに対して敏感なのであろう。だから、何処かから見ているかもしれぬ。

船番所近くの扇橋から、一橋《ひとつばし》様の屋敷を左手に眺めながら福永橋に来て、木場から細川越中守《ほそかわえっちゅうのかみ》の屋敷を経て六万坪を過ぎたあたりに来たときである。

「何しやがる、てめえ」

という切羽詰まった声がした。他にも何人かいて、言い争っている様子が手に取るように分かった。薙左はすぐさま櫓を漕いで、舳先を変えると騒ぎのする方へ向かった。

すると、闇の向こうに、数人の人影があり、ならず者風が何人かと浪人風ひとりの姿が見えた。掘割沿いの道を必死に逃げている旅姿の男に、浪人風の人物の抜き払った刀がすっと伸びて、音もなく背中を斬りつけた上に、グサリと腰のあたりを突き刺した。

「うわッ」

と声をあげながら、旅姿の男は前のめりに倒れ、そのまたたらを踏んで、道端から掘割に転落した。追いかけてきた浪人とならず者たちは、しまったと声をかけあったが、

「大丈夫だ。止《とど》めは刺したはずだ。誰か来た、引けいッ」

浪人たちは素早く六万坪から、十万坪という塵芥《ごみ》の埋立地の方へ駆け去った。

薙左と長沼は賊の方を追いかけたかったが、操舵を握って向きを変えているうちに、あっという間に姿を消してしまった。それに、掘割に落ちた者を捨て置くわけにはいかぬ。

浮き袋を投げたが、すでに気を失っているのか、掘割に落ちた者は手を伸ばそうともしない。薙左は船を近づけると、長沼が懸命に旅姿の男を引き上げた。

途端、だらりと背中から血が流れた。意識は失われつつある。もはや、手の施しようもな

いくらいの深手だったが、薙左は懸命に励ました。

「しっかりしろ、おい。傷は浅いぞ」

長沼はじっと見ていて、目の前の男の顔が人相書の『因幡の黒うさぎ』だと分かった。白うさぎは縁結びの神様として祀《まつ》られているが、黒うさぎは闇の縁結び。つまり、盗賊同士の繋ぎ役としての顔もあった。

「てめえは、黒うさぎだな。誰にやられた。盗人《ぬすっと》仲間か」

黒うさぎは必死に首を振りながら、

「ち、違う……や、闇の……洗い屋……」

「闇の洗い屋？」

問い返した長沼の手をぐいと握り締めたまま、黒うさぎは息絶えた。

「おい！　しっかり、しないか！」

薙左は盗人の体を揺すったが、長沼は冷静に無駄なことはよせと止めた。

「――闇の洗い屋って、何ですか、長沼様」

「人生を洗い直す……そう言って、借金取りなどから逃がす者が、この江戸にいることは聞いたことがあろう」

「ええ」

「そいつらは、別の人間に仕立てて、新しい暮らしを始めさせる手伝いをするらしい。ところが、闇の洗い屋とは、誰の依頼かは知らぬが、盗賊たちを『逃がしてやる』と持ちかけながら、始末してしまう輩のことだ」

「始末……」

「殺してしまうことだ。盗賊を支配する闇の元締めが、口封じに殺しているとも言われている……お白洲なんぞにかける面倒を避けるために、町奉行所が消しているとも言われている。どうせ死罪の奴らだからとな」

「そんなッ。たとえ獄門になる極悪人であっても、法で裁かねばなりますまい」

「分かりきったことを言うな」

「ですが……」

「だからこそ、真相を暴こうってんじゃねえか、俺たち船手奉行所の手でよ」

並々ならぬ長沼の決意を、薙左は痺《しび》れるように感じていた。

二

南北の町奉行所に報せたにもかかわらず、黒うさぎを始末した連中の行方は杳《よう》として知れ

なかった。逆に戸田奉行に対して、

――目の前で逃がした船手奉行所の責任は重い。

と老中から叱責《しっせき》された。まるで、因幡の黒うさぎという盗賊を殺されたのは、船手のせいだと言わんばかりである。

だが、戸田としては、因幡の黒うさぎを助けるのも大切だが、千載一遇の機に「闇の洗い屋」を逃がしたことの方が口惜《くや》しそうだった。船手は海や川という、いわば縄張りのない所で起こった事件を追う。よって、一度捕り逃がしたら、二度と解決できないのではないか、という不安が常につきまとっている。

その日も、その次の日も、加治周次郎たち船手奉行所の面々は、薙左と長沼が見た浪人とならず者たちを探していた。

しかし、数日経っても、一向に解決の糸口すら見つからなかった。

そんな時は、『あほうどり』に雁首揃《がんくびそろ》えて酒を飲むのが、船手の連中の憂さ晴らしであった。同じ鉄砲洲の、奉行所のすぐ近くにある小料理屋だ。

女将《おかみ》のお藤《ふじ》は、その昔、加治とわりない仲だったという噂だが、近頃はそんな話も曖昧《あいまい》になっていた。さくらという小女《こおんな》ひとりを置いているだけの小さな店だが、お藤は自ら庖丁《ほうちょう》を握り、一流料亭の板前顔負けの美味《うま》い料理を出していた。

「それにしても、なんだか腑《ふ》に落ちない話だわよねえ」

　お藤が加治の前にキンメの煮つけとシャコの湯がいたものを差し出すと、不思議そうに首をひねった。

「だって、因幡の黒うさぎっていえば、人を十人余りも殺した極悪非道のお尋ね者でしょ？　その恐ろしい人が、斬られて殺されるなんて、ねえ」

「ほんと。なんて、ドジなんだろう」

　追加の酒を運んできたさくらも、別の席で飲んでいる薙左と鮫島に継ぎ足した。

　長沼は来ていない。あまり酒を飲まないらしいが、若い頃は酒豪で鳴らしていた。町奉行所にいた頃は、酒で失敗したらしいから、いっときは一口も飲まなかった。

「ねえ、一体どうなってるんですか。とっ捕まえて、奉行所に連れていくのなら話は分かるけれど」

　さくらが不思議そうに言うと、鮫島が答えた。

「だからこそ、闇の洗い屋が絡んでるんだろうよ。捕縛して、お上に届けてしまえば、てめえらの稼ぎにならねえ」

「え？」

「このところ……黒うさぎに限らず、お尋ね者が次々と消されている」

「消されて⁉」

「ああ。行方知れずになっていたと思いきや、死体で上がっているのだ。川や沼で見つかるのもあれば、海に浮かぶ者……海や川は死体を捨てる所じゃねえってんだ」

「わずか十日程前にも、漁師の投網《とあみ》にかかった仏が上がった。それが『弁天小僧』だったってことは、さくら、おまえも知ってるだろう」

「つまり……」

甘辛く煮たキンメを摘《つま》みながら、加治は補足するように、

「闇の洗い屋ってのが、逃亡に手を貸すと誘いながら、盗人が手にした有り金をぜんぶ奪ってから殺していたってことだ」

「ひええ。それじゃ泥棒もたまったもんじゃないねえ」

「洗い屋からすれば、盗人の金を盗んで何が悪いってところだろう。どっちが阿漕《あこぎ》か分からないが、閻魔《えんま》様でもびっくりというところだろうな」

「でも、旦那……その泥棒の始末屋みたいな連中、それこそ放っといていいんですか？　江戸に盗賊は減るかもしれないけど、私は何となく気分がすっきりしませんよ」

お藤が突っかかる勢いで言うと、さくらも同調して、

「そうですよ。そんな奴ら、どいつもこいつも、とっとと捕まえて下さいな。でないと安心

して眠れやしない」

「あれ？　いつも居眠りばかりしてるくせに」

薤左が茶々を入れると、さくらは銚子を奪い取って、厨房《ちゅうぼう》へ消えた。

「おまえたちが心配してくれるのも分かるが、今頃は、世之助がうまいことやってるだろうよ。あいつなりの手でな」

「世のさんが？」

お藤は加治に寄り添って酌をしながら、不思議そうな顔になった。


その頃、深川富岡八幡宮近く——。

とある商家の蔵から飛び出て来た頰被《ほおかむ》りの男が、蠟燭《ろうそく》を掲げた手代に見つかった。男は素早く翻って逃げ出すと、庭木の松を踏み台にして表に飛び出した。

「ど、泥棒！　泥棒！」

手代の声に番頭や他の家人も寝間着のまま飛び出してきて、店の表まで追って出た。近頃は泥棒も多くなってきたので、自ら捕らえるために木刀や棒を持って追いかけたのである。

相手が凶悪ならば危険だが、ひとりであれば大勢で捕らえることもできる。町内では火事の折の半鐘を利用して、泥棒を追いつめるようにしている。

頬被りは必死に逃げたが、行く手は木戸番があって、木戸が閉まっていた。乗り越えようにも一間半の高さがあるので、無理である。逃げ場を失った頬被りはそれでも、天水桶《てんすいおけ》を踏み台にして、ひらりと飛び上がり、木戸の反対側に飛び下りた。

途端、足をくじいたのか、倒れたまま這《は》って逃げようとした。

すぐさま自身番から、町方同心が駆けつけてきた。定町廻りの伊藤俊之介と岡っ引の天狗の弥七である。

「――まずい」

懸命に立ち上がって逃げる男は、足を引きずりながらも、猿《ましら》のような身軽さで路地という路地を駆け抜けていった。一方からは、半鐘を聞きつけた町火消しの連中も追いかけてくる。町中で総出で大捕り物をするつもりであろう。

その時、礫《つぶて》が飛来して、頬被りの顔面に当たった。男は転がりながらも逃げようとしたが、目の前に立った町火消しの頭が、ガッと男の肩を摑んだ。同時、頬被りを引《ひ》っ剝《ぺ》がした。

「てめえ……」

火消しの頭が見たその顔は、なんと世之助であった。

だが、船手奉行の船頭とは知らない。すぐさま捕らえようとしたが、世之助は一瞬の隙を突いて、足払いをかけて、そのまま別の路地に駆け込み、姿を消した。

世之助の人相書が町辻《まちつじ》に張り出されたのは、翌日のことだった。

仕事柄、町火消しの頭は人の顔をよく覚えていた。その他、体つきや醸し出す雰囲気なども正確に、町方に話して、人相書を作って貰ったのだ。

世之助は遠目に、その高札をシタリ顔で見ていた。越中富山の薬売りに扮装《ふんそう》して、野次馬に混じっているから、周りの者たちには分かりようはなかった。

だが、世之助が、富岡八幡宮のある町でわざわざ盗みを働いたのには訳がある。実は、その八幡宮から程近い、大横川の船宿こそが、闇の洗い屋の隠れ家ではないかと睨んでいたからだ。

――大々的にお上に追われれば、洗い屋から必ず声がかかる。

そう踏んでいたのだ。だが、十両、二十両のこそ泥では、奴らも食指が動くまい。だから、ごっそりと五百両の金を盗んだ……ことになっていた。

ことになっていたとは、世之助は実際には何も盗んでおらず、五百両の大金を蔵の裏手に埋めて隠していただけだからである。そのことに商家の者は気づかず、被害を届けたから、人相書には五百両の大金を盗んだと記されてあった。これも世之助の想定である。

案の定、世之助は洗い屋の一味と思われる男に声をかけられた。件《くだん》の船宿近くにある小さな茶店の奥でのことだった。

ポンと背中を叩かれた世之助はビクンと振り返ると、目の下に刀傷のある、いかにもイカつい顔の男がいた。とっさに世之助は懐に忍ばせてある匕首《あいくち》を抜こうとしたが、

「兄さん。こんな所で暴れても、とっ捕まるだけですぜ」

「……誰だ、てめえ」

世之助が問いかけたが、相手は名乗りもせずに、人相書を袖の下からそっと見せて、

「まあ、落ち着いて聞きなせえ。この江戸から、上州《じょうしゅう》なり上総《かずさ》なり、好きな所へ逃がして差し上げますよ」

と消えそうな声でささやいた。

「なんだと？」

おどおどしている世之助を、その目つきの鋭い男は諭すように、

「いいから、任せな。大船に乗ったつもりでよ」

と薄ら笑みを浮かべた。

三

応神天皇を祀ってある深川の八幡様は、寛永四年（一六二七）に建立された。元禄時代、紀伊国屋文左衛門《きのくにやぶんざえもん》が奉納した金張りの御輿があり、高さは十四尺五寸、担ぎ棒は十本もある壮大なものである。

そのような由緒ある神社にまつわる所で、不逞《ふてい》の輩が悪さを働いているとは、神様も知ってか知らずか、黙って見ているかのようだった。

世之助は声をかけてきた男と、ぶらり潮の香りのする通りを歩いて、大横川の河畔《かはん》に出た。自生の柳がずらりと並ぶ一角に、瀟洒《しょうしゃ》な趣の船宿があった。『花筏』と入った軒提灯が下がっている。その奥に障子戸があって、、

「お連れしました」

と丁寧な声をかけると、玄関に現れたのは上品な年増《としま》だった。櫛目《くしめ》が美しく、若い頃はさぞや美形で、男を弄《もてあそ》んだであろうと思える色艶《いろつや》は今でも漂っていた。

「おいでやす」

京訛《なま》りの物静かな声が、世之助には妙に居心地よかった。

――これが闇の洗い屋の元締めなのか？

と世之助が思ったのを承知したかのように、女将はにこりと微笑《ほほえ》んで、

「女とは思いませせなんだか？　物騒な世の中どっさかいな。今日《きょうび》は、女も強うないと、ね

え」

「…………」

「まあ、ここで立ち話も何ですから、奥でゆっくりお酒でもどないどす。雁次郎《がんじろう》、上に案内しておあげなさい」

「へえ――」

雁次郎と呼ばれた男は、茶店で見せた強面とは違う表情で、世之助を招き入れた。

玄関から入って、すぐに二階に続く階段がある。磨き抜かれて、滑ってしまいそうであった。世之助は導かれるままについて行ったが、いつ凶器を出されるかと気が気でなかった。

一番奥の部屋に連れて来られた世之助は、開け放たれたままの障子戸の向こうに、大横川が見え、さらに遠くに永代橋《えいたいばし》が眺められるのに気づいた。

「随分といい船宿だな。まさか、ここが……ねえ」

「余計なことを言うな」

「雁次郎さんとやら。あの女将はかなりの器量よしだが、随分と肝が据わった人と見た。あんたはその子分てわけかい？」

「…………」

「元締めか……でなきゃ、後ろ盾に凄い人でもいるのかい？」

「つまらぬ詮索はせぬことだ。無事に江戸から逃げたいのであればな」

「無事に、ねえ……へえへえ。何でも言うとおりにいたしやす」

世之助は窓辺に行って、江戸ならではの川の絶景を楽しむふりをした。

「しばらく、待っておれ」

命令口調で雁次郎が出て行くと、世之助は手摺《てす》りに凭《もた》れかかって、軒だの壁だの天井などを見廻していた。船宿自体に、何か〃からくり〃でもないかと調べようとしたのである。

手摺りから体を乗り出すと、襖を隔てた隣の部屋に、先客がいると分かった。実直そうな初老の男だった。ちらりとしか見えないが、どこかで見た顔だと世之助は思った。

「あれは、たしか……夫婦蕎麦《めおとそば》のオヤジじゃねえか？」

神田上水懸樋《かんだじょうすいかけどい》近くにある信州蕎麦屋の主人・申兵衛《しんべえ》である。

十年程前から、女房とふたりで始めた店で、ふたり仲睦《むつ》まじいから、誰とはなしに「夫婦蕎麦」と呼ぶようになっていた。十人も入れば一杯になる小さな店だが、昼夜の関わりなく行列ができる。神田川を上り下りする川船の人足も、わざわざ足を運んで食べるほど美味いと評判の店だった。

「そのオヤジがなんで、こんな所に……」

耳を澄まして聞いていると、先程の女将が対応に出て、話を聞いていた。

「──息子さんを逃がしたい？」

「はい。佐七《さしち》という博打ばっかりで、ろくに働きもしねえバカ息子でして、あやまって人を殺してしまったんです」

「人をねえ……」

「こんなことは誰にも言えません。お上にお恐れながらと出ては死罪。かといって、逃げ回っていては、死なせた相手はやくざ者ですから、必ずなぶり殺しにされます」

「そうどすか」

女将は人殺しと聞きながらも、淡々と帳簿でも確認するかのように、

「人を殺《あや》めたとなると、こっちも危ない橋を渡らねばならないんでねえ、代金は五十両かかりますよ」

「ご、五十両……」

「あなたはこの船宿のことを、町名主に聞いてきたとのことですが、まあ……その詮索はよしましょう……耳を揃えて払えるのであれば、こっちも頑張りましょう」

一両あれば、家族四人が一月暮らせる金額である。贅沢をしても、三年や四年過ごせる金が、細々と暮らしてきた老夫婦にあろうはずがない。これは、

──もう諦《あきら》めろ。

と通告されたようなものだが、申兵衛は必死にすがりつくように、

「なんとか調達できるかと思います。しがない蕎麦屋ですが、それなりに儲《もう》けはありました、私は蕎麦屋を始める前は、これでもある大店《おおだな》の番頭をしてまして、少しばかりの蓄えもありましたから」

「でしたら、一両日のうちに迎えの者を送りますから、用意しておいて下さい。手付けに一両でも置いていって貰いましょうか」

「あ、はい……」

申兵衛は一両どころか、十両を置いて、深々と頭を下げて、そそくさと立ち去った。

それを溜息で見ていた世之助に、背後から声がかかった。

「おまえは立ち聞きをするのが好きなのか？　そういう輩は信頼できぬな」

気配を消したまま背後に立っていた浪人がいた。用心棒で、それなりに報酬を得ているのであろう。紬《つむぎ》の仕立てのよい着物を着ていた。

——こいつが、あの夜、因幡の黒うさぎを殺した浪人か。

と思ったが、気取られぬように愛想笑いを振りまいて、

「聞こえちまったので、つい……」

「つまらぬことをすると、容赦はせぬぞ。こっちも遊びでやっているのではない」

「わ、分かってます」

平謝りする世之助の前に、女将が現れた。菩薩《ぼさつ》のような優しい笑みを湛《たた》えながら、

「五百両、盗んだそうですね」

「はい」

「では、その半分の二百五十両を受け取りましょう」

「な、なんだって⁉」

あまりにも法外な〝逃がし代〟に、世之助はそっくり返りそうになった。

「勘弁して下さいよ。そんなに持っていかれたんじゃ、あっしの取り分が……」

「半分もあるではないですか。元々は、あなたのものではありますまい？」

「けど、逃がすだけで半分は……あまりにも阿漕じゃねえですか」

「だったら、ひとりでお逃げなさい」

女将は少しきつい口ぶりになった。

「だからといって、あなたをお上に訴え出るような野暮はいたしませんよ」

「……………」

「けれど、この先、どうなっても知りませんからね」

「それは……脅していているのですか？」

世之助も負けじと言い返したが、女将は余裕の笑みで、

「まさか。私たちは、ただの逃がし屋ではありません。洗い屋ですからね、あなたを別人に仕立てて、決してお上に追われることのない人間にする。そのためには、それなりの金がかかるというものです。半金をいただくことがさほど高いとは思えませんが」

「ならば、この船宿のことを奉行所に言えば、どうなります？　隣にいた人も、誰かに話すかもしれねえ」

女将はそれには答えず、じっと漆黒の瞳で見つめながら、

「あなたは逃げたいのですか、それとも私たちの稼業を探りに来たのですか」

「………」

「お上に知られたところで、どうってことはありません。私たちは、逃がすのが商売ですからねえ」

さらに厳しい目になった女将の眼光に、世之助はぞっとするものを感じた。女だからと思って、少し油断したかもしれない。

「──どうも気に入らねえな」

傍《かたわ》らで聞いていた用心棒が刀を持った瞬間、世之助も啖呵《たんか》を切っていた。

「こっちも気に入らねえやい。人の足下を見やがって。てめえら、どうも信用ならねえ。ど

うせ、おいらも殺す気だろう。因幡の黒うさぎみてえによ！」

そう声を張った瞬間、浪人の刀が鞘走った。翻るように避けたが、ぶんぶんと音を鳴らせて斬りかかってきた。他にも数人のならず者や浪人が乗りこんできた。

世之助は、障子窓を蹴破って、手摺りの外に出ると、屋根伝いに走って隣の茶店の庇《ひさし》に飛び移り、そのまま雨樋を摑んで、滑るように路地に降りた。

あっという間に姿を消した世之助の行方を見やって、浪人たちは追いかけようとしたが、女将が止めた。

「よしなさい。どこの誰か知らないが、こっちはあの御仁《ごじん》がついているのです。下手なことはしなくてもよろしい」

それを聞いた浪人たちは飼い犬のように従った。

四

川船の通る水路には、要所要所に番小屋がある。

掘っ立て小屋に毛が生えたようなものであるが、ひとりかふたりの番人が詰めており、万が一、水難事故があった場合は橋番や自身番に報せに走ったり、大きな事件のときには、船手奉行所まで駆けつけることになっていた。

　竪川一之橋の番小屋には、与力の加治をはじめ、鮫島、長沼、薙左ら数人の船手同心が集まって、世之助の話を聞いていた。

「年甲斐もなく頭に来ちまったもんで、つい……手柄を焦った訳じゃありやせんが、どうにも腹が立って」

　世之助が申し訳なさそうに頭を掻くと、加治は冷静に受け止めて、

「なに、世之助さんのせいじゃないよ。柳橋のその『花筏』って船宿が、奴らの隠れ家だと分かっただけでも儲けもんだ」

「そう言われると益々、面目ねえ」

「で……その女将ってのも気になるな。女だてらに、大したタマじゃねえか」

「へえ。事のついでに調べてみましたが、その船宿はまだ一年くらいしかやっておらず、その前は別の者がやってました」

「隠れ家ならば転々と変わって当然だな」

「逃げたふりをして、しばらく張り込んでいたのですが、奴ら平然とそこにいて、身を隠すつもりなんざ、更々、なさそうなんです」

「お上に訴え出られても、言い逃れができる自信があるというのか」

「そうとしか思えません。船宿は、ふつうの客も相手にしているようですので……もしかしたら、強い後ろ盾でもいるのかと」

「なるほどな。てことは、もう一度、探りを入れるか、別の手立てを探すしかないか」

加治が唸《うな》ると、世之助はすぐさま答えた。

「そういや……夫婦蕎麦屋のオヤジがいたんですよ、船宿に」

「申兵衛が？」

船手の連中もよく食べに行くから、顔もその気《き》っ風《ぷ》のよい性格も知っていた。元は御家人だから、加治も昔から知らないわけではない。蕎麦屋になったのには、ちょっとした訳があるのだが、あまり他人には話していないことであった。

「その申兵衛も、その船宿が〝洗い屋〟の砦《とりで》だってことは承知していて、息子を助けてくれと哀願してやした」

そのときのことを世之助が詳細に伝えると、

「気になるな……薙左。おまえは、そこから探りを入れてみろ」

「え、私が？」

「息子の佐七は、おまえと同じくらいの歳だから、申兵衛はおまえに本当の息子のように接していたんじゃないか。佐七は若い頃から、うちをおん出て、渡世人の真似事をしていたらしいからな。おまえにならら、もしかしたら本音を話すかもしれない」

「はあ……」

「他の者は、徹底して『花筏』を張り込むと同時に、女将について調べあげろ」

半ば強引に命じられて、薙左は信州蕎麦屋を訪ねることになった。

間口二間の小さな店で、縄のれんがあるだけで店の名もない。殺風景だが、昼時ともなると、表には大勢の人が並んでいた。その人ごみを押しのけて、人相の悪い連中が四、五人、店に乗り込むなり、

「隠すとためにならねえぜ！　おう、オヤジ！　今日こそは家探《や》しさせて貰うぜ。何処をどう調べ廻っても、佐七の姿がねえんでなッ」

兄貴分の男がそう怒鳴ると、並んでいた客たちは恐れをなして、そそくさと退散した。

「構わねえから、鍋も釜もひっくり返して探せ、探せ！」

すぐさま子分たちは、店内で蕎麦を食いかけていた客を引きずり出し、狭い店内を荒らし回った。一目見れば、他に人が隠れる所などないと分かるはずだ。乱暴に竈《かまど》を壊す勢いで暴れるのは、商売ができないように脅しているに他ならない。

それを見た薙左は、すぐさま駆け込んで、

「おまえたちッ。何をしてる。これ以上やると容赦しないぞ」

振り返ったならず者たちは、船手奉行所同心という姿と承知しつつも、

「関わりねえ奴はすっ込んでろ」

と怒鳴りつけた。若造と見て、舐《な》めてかかったのは明らかである。さらに食器や水瓶《みずがめ》などを割り始めると、薙左は頭に血が上って、

「いい加減にしないかッ」

突っかかって、子分を摑んで店の外に引っ張り出した。腕に覚えがあるならず者たちは殴りかかってきたが、薙左は小手投げや十字投げで、次々と相手を倒し、

「これ以上やると、斬る」

と腰の刀に手を当てた。それでも兄貴分が匕首を抜き払って、突いてきたので、スパッと小手を切り裂いた。一瞬にして、真っ赤な血を噴き出した手首を見ながら、

「ひええ……！」

情けない声を上げながら、兄貴分が逃げ出したので、子分たちもそれを追った。

刀を鞘に収めながら振り返ると、申兵衛は茫然と店内を見廻していた。床は釜の湯でびっしょり濡《ぬ》れ、茹《ゆ》でかけの蕎麦も飛び散っていた。丼や鉢なども割れて、大きな地震でも起きた後のようだった。

「大丈夫か、オヤジさん……」

　薙左が声をかけると、申兵衛は礼を言うどころか、

「余計なことをなさったね、薙左さん」

「え？」

「あいつら、上州のちょっとした大親分の身内のものだ。人を殺すことなんざ、何とも思っていねえ極道ばかりなんですよ」

「息子さんは、今の奴らに狙われてるのかい？」

「え……？」

　訝しげに見やる申兵衛に、薙左は慌てて手を振って、

「なに、佐七を探すとかどうのこうのって聞こえたもので」

「…………」

「困ったことがあるなら、俺に話してくれないかな。息子みたいに、いつも可愛《かわい》がってくれるじゃないか」

「あ、有り難いことだが……あっしには、あんたのような立派な息子はいねえ」

「オヤジさん……」

「ましてや、船手の旦那さん方には……奴らが言ったように関わりのねえことだ。放っておいて下せえ」

いつもの様子とは明らかに違う。卑下しているようでもあり、役人を避けているようでもあった。それはそうであろう。息子を〝洗い屋〟に身柄を預けようというときである。ひた隠しにするのは当然であった。

そのときである。店の奥から、ううっと呻《うめ》き声が聞こえた。

薙左が駆け込むと、そこでは、女房のおつねが胸を掻きむしって苦しんでいた。どうやら、長年の持病である心の臓が痛んでいるようだ。みるみる間に、顔が青ざめてきた。

「おかみさん！」

しっかりと体を支えながら、薙左は懸命に声をかけた。胸の痛みが激しいのか、答えることができない。そのおつねをゆっくりと背負って、近くにある町医者に連れて行くしかなかった。

途中、何度も、おつねは奇声を上げて悶絶したが、薙左の手ではどうすることもできない。申兵衛も心配そうに、おつねの背中をさすりながら後からついて来た。

町医者に担ぎ込まれたおつねは、すぐさま気付け薬を飲まされ、胸や首筋、背中から腰も揉まれて、血流を整えられ、少しは楽になったようだった。

「日頃の無理に加えて、何か心配事で、心の臓に負担をかけたようですな」

そう町医者に指摘されて、申兵衛は本当に申し訳なさそうに項垂《うなだ》れていた。

「俺が悪いんだ……おつねにも……佐七にも……俺が迷惑をかけたんだ」

「オヤジさん……」

「あんたたちにまで面倒をかけちゃマズい。加治の旦那には昔、色々と世話になったから、これ以上はもう……」

「水臭いことは言わないで下さい」

薙左はきちんと申兵衛の肩を摑んで見つめた。

「おかみさんの容態は落ち着いた。後は医者に任せて、さっきの奴らのこと、きちんと始末をつけましょう。そしたら、〝洗い屋〟なんぞを頼らなくたって、事は解決しますよ」

「!?——薙左さん、あんた……」

何も言うなと薙左は首を振って、

「とにかく、俺たちに任せてくれませんか。きっと悪いようにしませんから」

五

申兵衛が佐七を匿《かくま》っている木賃宿《きちんやど》に案内してくれたのは、とっぷりと日が暮れてからであった。千住宿《せんじゅしゅく》の外れにあって、いつでも猪牙舟で荒川から逃げられるようにしていたのだが、

薙左が現れたとき佐七は、

「なんだ、てめぇッ」

と追っ手と勘違いして、隠し持っていた長脇差《ながどす》を構えるほどであった。

「慌てるな、佐七。俺だ」

申兵衛の声を父親のものとも分からないほど、動揺していた。薙左の目にも情けない男にしか映らなかった。

目の前で見せるふて腐れたような態度には、息子らしさのかけらもなかった。顔を背けたままである。

「すまんな……おまえをこんなふうにしてしまったのは、俺だ……苦労したんだろうな。勘弁してくれよ、佐七……」

「うるせえ。とっとと身を隠せる所を探しやがれ。息子がどうなってもいいのか」

「ああ、分かってるよ」

「だったら、さっさとしねえか」

「心配するな。もう手は打っている。明日にでも、おまえは上方《かみがた》に逃げる手筈《てはず》になっている。そして、そこで別な人間として生きていけることもな」

「え……？」

不思議そうに佐七が振り向いたとき、薙左が口を挟んだ。

「それは、やめた方がいいよ、オヤジさん」

「薙左さん……」

「佐七さんを案ずる気持ちは察するけれど、それはいけない。どういう手立てて、〝洗い屋〟のことを知ったのか分からないけど、奴らに従ったら、それこそ命を取られる」

「まさか……」

「船宿でのことは、うちの世之助さんが見ていたんですよ」

「世之助さんが？」

「ええ。五十両もの大金、ドブに捨てた上に殺されるのがオチです」

世之助が殺されかけたことや〝因幡の黒うさぎ〟が消されたことも付け加えた。だから、息子を庇いたいのならば、お上に任せるべきだと諭した。

しかし、佐七の方が狼狽《ろうばい》した。薙左のことを公儀役人と知ったから、父親が自分を売りに来たと思ったのだ。

「てめえ……自分の息子を獄門台送りにしてえのか、このやろう」

「それは違うよ、佐七さん」

「てめえにゃ、関わりねえ。黙ってろ」

「関わりあるんだな。よく申兵衛さんの夫婦蕎麦を食べさせて貰ってるから」

「その蕎麦が、こちとらの人生を狂わせちまったんだよッ」

佐七が子供のように訳の分からないことを言うと、薙左は冷静になるように言って、

「夫婦蕎麦の由来は、俺も加治さんから聞いたことがある。申兵衛さんのおかみさんは、あるとき、心の臓の病《やまい》になってしまって、いつ死んでもおかしくないと言われる程、重いものになった。不治の病だって医者から見放されたこともあるらしいね」

「……薙左さん」

申兵衛の方が気遣いの目で見やった。構わず薙左はじっと佐七を見つめて、

「おかみさんの病を治すためなら何でもする。そういう気持ちで、申兵衛さんは大小の刀を捨て、おかみさんの側《そば》にいることにした。洒落《しゃれ》る訳じゃないが、ずっと側にいたいということで、信州生まれのおかみさんが大好きな蕎麦を打って売ることにした」

「…………」

「その日暮らしができればよいと思っていたが、思いがけず繁盛したのは、おかみさんの笑顔だった。佐七さん、あんただって、そう思ってたんだろう？」

「…………」

「病のことばかりを考えていれば、気も塞《ふさ》いでくる。だから、店の手伝いをしながら、〝看

板娘〟に撤してくれたんじゃないか」

「ふん」

　佐七は鼻で笑って、デンとあぐらをかいた。

「だから、赤の他人は黙ってろってンだ。薙左さんとやら、さっきからおっ母《か》さんて言ってるがな、あれは俺の本当の母親じゃねえ。本当の母親は俺が五つの時に亡くなった……しかも、そこの親父《おやじ》のせいでな」

「おい、佐七……」

　何もここで話すことではあるまいと、申兵衛は言いたげだったが、佐七はこれ幸いと不満をぶちまけた。

「おふくろが死んだのは、流行病だから……いや、諦めはつかねえが、仕方がねえ。けど、親父はすぐさまあの女を家に入れて、母親と呼べと言い出した」

「おい、今更なんだ。おまえはそのことですねたのか?」

「いいから聞けよ。俺がむかついたのは、あれだけ俺の母親のことは放っといて、御用御用と走り回っていたくせに、新しい母親のことになると……」

　ケッと佐七は吐き捨てるように、申兵衛を睨みつけて、

「挙げ句の果てに、御家人を辞めますだとよ。たかが五十俵三人扶持とはいいながら、それ

でも、あるとなしじゃ大違いだ。あれから俺は、なんで父親が侍をやめたんだと、どうせ悪さをしたからだろうって、友だちからも笑われてよ。お先真っ暗……なんで、俺があんな元は水茶屋の女のために、酷い目に遭わなきゃならねえんだよ」

「それが理由か……」

申兵衛は両手をついて頭を下げて、

「このとおりだ、佐七。おまえには苦労をかけた。せめて、おまえに家督を譲って後に、俺が武士をやめればいい話だった。だが、おまえはまだ元服前で……」

「うるせえ。謝って済むか、ばか」

憤然と立ち上がる佐七の腕をグイと摑んで、薙左は座らせた。

「余計なことかもしれませんが、言わせて貰います。あなたは間違ってる。たしかに御家人は家禄を得ているが、与力でも同心でも一代限り。もし、今のあなたのような心がけで御家人を継ごうとしても、公儀が認めたかどうかは分かりませんね」

「なんだと……」

「とにかく、義母であろうが、そうでなかろうが、あの人は、今年の桜は見られたけれども、来年の桜を見ることができるかどうかは分からないんです」

「…………」

「毎年、毎年、そういう思いで生きているんです。そうでしょ、申兵衛さん」

申兵衛は何も言わずに頷いた。

「そうして働いて、せっせと溜めたお金を、あなたのためにすべて投げだそうとしているんです。たったひとりの息子を助けるためにね」

「………」

「そもそも、あなたがやくざ者に追われているのだって、一宿一飯の恩義のある親分の娘に手を出したから……そうなんでしょ？」

「うっ、それは……」

相手が誘ってきたからだと、佐七は言い訳をした。

だが理由はどうであれ、仁義に外れることをしたのだから、佐七が責められて当然であろう。もっとも、男らしく嫁にするというのなら話は別だが、そんなことはどうせ許されまい。

それで、一家の兄貴分が、おまえを折檻《せっかん》しようとした。激しい言い争いになって、佐七は思わず刺してしまった。

「それは可哀想だが、自業自得ってやつじゃないのか？」

「………」

「そんな時だけ父親を頼ろうなんて、あまりにも身勝手じゃないですかね」

「てめえ、黙って聞いてりゃ……」

カッとなる佐七に抱きつくようにして、申兵衛は止めた。

「薙左さん。こいつのことは、やはりあっしじゃないと始末できそうにない。へえ、親としてキチンと逃がしてやります」

「それはできませんね」

「え……」

「片がつくまでは船手で預かりましょう。その方が身が危うくないと思いますよ。どこまで逃げても、ああいう連中は地獄の果てまで追ってきますから」

何か考えがあるという表情で、薙左はふたりに向かって頷いた。

六

翌日、まだ朝靄《あさもや》が広がっている刻限に、船宿『花筏』の者だと名乗って、雁次郎が夫婦蕎麦屋を訪ねてきた。物腰は低いが、いかにも一物を含んでいるような目つきで、

「おまえさんが……洗って貰いてえっていう息子かい？」

「ああ、そうだ」

店の奥で、長煙管を吹かしながら返事をしたのは、薙左だった。町人髷《まげ》で、縞《しま》模様の木綿《もめん》の着物をたくし上げ、渡世人ふうの黒合羽を背負うように着ていた。佐七に扮しているのだ。

「金はちゃんとあるんだろな」

雁次郎が睨みつけるように尋ねると、薙左は二つ返事で頷いて、

「親父が用立ててくれたものだ。確かめてくれ」

切餅《きりもち》をふたつ手渡した。

「すでに十両ばかり払ってるそうだが、イロをつけたんだ。きっちりと仕事をしてくれよ。まだまだ命が惜しいんでな」

「余計なことは喋《しゃべ》るな」

懐に切餅を入れた雁次郎は、顎をしゃくって、表へ来いと指図した。すでに辻駕籠《つじかご》が停まっていて、乗りこむのを待っている。薙左はおもむろに腰を落とした。

半刻ほどの時をかけて、駕籠は幾つかの辻を曲がって、潮の香りと波の音のする所へ着いた。曲がった角の方角や数、人足の歩数などを数えていたが、はっきりと場所は分からない。時をかけたのも、誰かに尾《つ》けられるのを警戒してのことに違いあるまい。

——だが、サメさんや世之助さんが、きちんと見張っていてくれてるはずだ。

という安心感からか、薙左は余計なことは考えず、ただただ佐七に成りきろうとしていた。

相手もある程度は、佐七当人のことを調べているはずだ。すぐさま逃がさず、一日の間を置いたのは、そのためのはずだ。

どうやら隠れ家にしている船宿ではなく、別の海辺に来たようだった。海風が鼻腔《びくう》に染みこんでくる。板が軋《きし》む音は、波に浮かぶ桟橋であろう。

駕籠が大きく揺れて傾いた。

――まさか、このまま海に落とす気ではあるまいな。

という思いが脳裏によぎったが杞憂《きゆう》であった。駕籠から降ろされると、目の前に荷船があった。ひらた船と呼ばれる川船で、櫂で漕ぐようになっている。

「これで何処へ行くってんだい？」

薙左が怪訝《けげん》そうに尋ねたが、雁次郎はもとより、人足たちも返事をしなかった。どことなく緊張した雰囲気が漂っている。

辺りは見慣れない風景だった。深川木場の外れのようだが、あまり人が来る所とは思えない。船手の薙左でも、馴染《なじ》みのない水路であった。もしかしたら、〝闇の洗い屋〟が秘密裏に掘削したものかもしれぬ。

荷船に乗り移った薙左は、積み上げた俵の陰に潜むように座り込んだ。

「…………」

穏やかな海風を受けながら、荷船はゆっくりと水路を抜け、少し波のある海に出た。

江戸湾は突如、突風が吹いて小船の行く手を阻むときがある。それでも、うまく櫂を扱っているのは、かなり鍛錬しているからだ。よほど足腰が強いのであろう。帆でも張っているような速さだった。

「沖へ出て、菱垣廻船にでも乗せてくれるのかい？」

不安げな表情をして問いかけると、雁次郎はしょうがないから教えてやるとでもいうように答えた。

「その船に乗るのはおまえだけではない。似たような悪さをした奴が何人もいる。安心しな。上方に着けば、別人の道中手形が用意されている。望めば長崎まで連れて行って、異国の船に案内してやってもいい」

「ほんとか？」

「ああ。そうすりゃ、誰からも追われることはないだろう」

「だな……嫌いだった江戸とおさらばできると思えば、気が急《せ》くぜ。早く落ち着いて、ゆっくりと酒でも飲みてえや」

「酒が好きか」

「まあな。酒と女、それに博打がなきゃ、人生、何のためにあるんだか分かりゃしねえ。だろう、お兄イさん方」

「若い癖に、相当、遊んだみてえだな」

雁次郎はそう言いながら、傍らにあった徳利酒《とっくりざけ》を出して薙左に勧めた。杯を受け取った薙左は少しだけためらった。

「どうした。灘生一本《なだのきいっぽん》だぜ。酒好きにゃたまらんと思うがな」

「……ああ」

「もしかして、眠り薬でも入ってると疑ってんじゃねえんだろうな。だったら……」

自分からグイと呷《あお》るように飲んで、

「どうでえ。信頼されなきゃ、こんな商売はできっこねえ。何度も言うが、こちとら命を賭けてるんでな」

「すまねえ。そういうつもりじゃなかったんだ」

薙左は杯を受けて、清酒を飲み干した。

「ふう……なかなか美味いものだな。さすが灘の酒だ」

「だろう？」

「ところで、俺はなんて船に乗るのかねえ」

江戸湾に入っている弁才船の数や船名、船主などを把握している薙左にとっては、

——本当に菱垣廻船で逃がせるのかどうか。

を確かめることは容易である。だが、雁次郎は曖昧に言葉を濁した。やはり、薙左が懸念したとおり、本気で船に乗せる気はないようだ。

それでも、薙左は相手の出方を窺っていると、雁次郎がおもむろに言った。

「上州の渡世人……川獺《かわうそ》の半蔵って親分に不義理をしたそうだな」

「え、まあな……」

「実は、ってほどじゃねえが、俺もその昔、川獺の親分には随分と世話になった。こう見えて、そっちの飯も食ってたことがあるんだよ」

「どう見ても、そう見えやすが？」

ふざけた口調で薙左は返したが、雁次郎はじっと見据えたまま杯を傾けて、

「近頃はどうだい。あんなに肥《ふと》ってちゃ、川獺じゃなくて、海馬《とど》だ。ちょっとした身動きするのもしんどそうだったが、やはり肥ったままかい」

「……いや、それほど肥っていなかったな。もっとも俺ア、一宿一飯ってやつで、ちらりと会っただけだが」

「ふうん。それほど肥ってなかった……」

「ああ」

ギラリと目の奥の光らせた雁次郎は、

「じゃあ、おまえが手をつけた娘さんは、どうだった」

「おかよさんのことか？」

「一緒に逃げるほどの仲じゃなかったのかい？」

「まあな」

「食っただけってことかい」

「……そこまで話さなきゃならねえのか？」

「なに。俺が世話になった頃は、まだこんな小さな娘っこだったからよ。親分も猫可愛がりしてたが、随分といい女になったんだろうな。言ってただろ？ 赤ん坊のときから、目のくりっとした可愛い子だって」

「あ、ああ……小さな頃から、可愛かったって」

「そうかい」

と言った途端、雁次郎が目配せをし、それを受けるように、浪人がいきなり刀を抜いて背後から薙左の首にあてがった。

「!?――何の真似だ」

薙左は微動だにできなかった。

風雲伝 十兵衛の影

秋山香乃

幕府転覆の謀略は、妖艶な姫君の差し出す菓子に隠されていた――

将軍家光の密命により、旅をしていた十兵衛が、瀕死の男から託された小さな菓子には、恐るべき幕府転覆の謀略が隠されていた――。柳生十兵衛の若き日々を描く活劇時代小説！

630円

爺いとひよこの捕物帳 弾丸の眼

風野真知雄

キツネと噂される大店の若旦那の嫁の正体とは!?

岡っ引きの下働き・喬太は、不思議な老人・和五助と共に、消えた大店の若旦那と嫁の行方を追う。事件には、かつて大店で働いていた二人の娘の悲劇が隠されていた――。傑作捕物帳第二弾。

文庫書き下ろし

560円

船手奉行うたかた日記 花涼み

井川香四郎

知らぬ者なき名職人。裏の顔は、復讐鬼……!?

「屋形船を爆破する」。船手奉行所の朱門に張りつけられた脅し文。試すかのように爆破された猪牙舟には、時限装置と思しき巧妙な仕掛けが。一体誰が？　何のために？　好評シリーズ第五弾！

文庫書き下ろし

560円

大奥

鈴木由紀子

ひとりの男をめぐって争った千人の女たち！

女としてのあらゆる武器を使い、ただひとりの男をめぐって争った江戸城大奥は、さまざまな出自の側室を抱えていた。お静の方、お万の方、右衛門佐をとおして大奥の真実を描いた異色時代小説。

520円

絆
山田浅右衛門斬日譚
鳥羽亮

未練を聞こう。ここが西方浄土の入り口だ……

土壇場に引き出された罪人から今生への未練を密かに聞き、それを全うさせる処刑人・山田浅右衛門。彼の苦悩と、罪人の哀切極まりない半生を通して「人生の意味」を描ききる感動の連作時代小説。

630円

紅無威おとめ組　南総里見白珠伝
米村圭伍

仁義礼智忠信孝悌——不思議な力を宿す八つの珠の謎を暴け！

脇差の下げ緒に結んだ白い珠に突如、浮かび上がった文字、孝。奇怪な現象を目にした桔梗が館山藩内で突き止めた謎めく白珠伝承の真相とは？　大江戸チャーリーズエンジェル、白熱の第二弾！

680円

迷い花
閻魔亭事件草紙
藤井邦夫

殺しの裏に、女の哀しき純愛あり。

高級料理屋『八百善』に、悲鳴が響いた。そこには中年武士の斬殺死体。そして、消えた女……。戯作者〝閻魔亭居候〟として難事件の真相を探る夏目倫太郎の活躍を描く好評シリーズ第二弾！

文庫書き下ろし

600円

御家人風来抄　風雲あり
六道慧

毒殺された老爺は、なぜ「長谷川平蔵」と言い残したのか？

弥十郎が用心棒を頼まれた家で「運座のようなもの」が開かれた。その夜、家の主人は毒を盛られ「長谷川平蔵」という謎の言葉を遺して死ぬ。背後にちらつく水戸家の影……。人気シリーズ第三弾！

文庫書き下ろし

680円

「おまえが、おかしなことを言うからだよ」

「…………」

「川獺の親分は〝骨皮筋右衛門《ほねかわすじえもん》〟て渾名《あだな》があるくらい痩《や》せてるし、娘は赤ん坊から育てちゃいねえ。十二の頃に遠縁の者から預かったんだよ」

啞然《あぜん》となる薙左だったが、もはやジタバタしても仕方がなかった。

「おまえ……本当は誰なんだ。この前も俺たちの隠れ家に乗りこんで来た怪しい奴がいたが、もしかして仲間か？」

「何の話だ。俺は本当に佐七というケチなやろうで……」

「嘘をつくな」

「信じてくれよ。嘘じゃねえ」

雁次郎はじっと見据えていたが、ニヤリと笑って、

「まあ、この際、どっちでもいいやな。どの道、おまえは……」

と薙左の右足にガチャリと足枷《あしかせ》をつけた。それは俵に繫がっていて、しっかりと固定されていた。

「立て、若造」

言われたとおりに薙左が、揺れる船の上で、足場が悪いまま立ち上がったとき、浪人が背

中を押した。うわっと前のめりになって海面に落ちた薙左の背中から、俵も一緒にドボンと落ちてきた。

俵が錘《おもり》となって、薙左の体はあっという間に海面から、ぶくぶくと沈んでいった。息を吸い込む間もないほどだった。

「ま、怨まないで、成仏しな」

雁次郎の目には、海の底に向かって泡を吐きながら、潜っていく薙左の姿にわざとらしく合掌すると、

「長居は無用だ」

と船頭に向かって、早くこの場から去れと命じた。

波はしだいに白い波が増え、荒くなってきた。

七

その夜——。

門前仲町の小さな居酒屋で、雁次郎は気分よく穴子の天麩羅《てんぷら》と栄螺《さざえ》の壺焼《つぼや》きをあてにして、ひとり酒を飲んでいた。

ひとしきり飲んで気分よく、くわえ楊枝でのけぞっているところに、暖簾をくぐってきた世之助がポンと肩を叩いた。のっそりと振り返った雁次郎は凝然となった。

「よう。また会ったな」

「！……」

「そんな吃驚《びっくり》するこたアねえだろう。あの綺麗な女将さんが忘れられなくてよ。何処にいるのか、教えてくれねえかな」

フンと鼻先を鳴らして立ち上がった雁次郎は、世之助を押しやって表に出た。そこには、加治が物凄い形相で立っていた。

「船手番与力、加治周次郎だ」

「あっ……あんたが……」

少しでも船を操る者なら、いや海や川を利用して悪さをしている奴らなら、奉行の戸田泰全と加治の名を知らぬ者はいない。

——仏の加治に閻魔の戸田。

と呼ばれている。

加治の言うことを大人しく聞けばよいが、そうでない者は、後先考えずに、めちゃくちゃな判決をする戸田に委《ゆだ》ねられる。極刑は免れないという意味だ。

「どうだ。船手まで来て、ちょいと色々と話を聞かせてくれぬか。すべてを話せば、悪いようにはせぬ」

「…………」

「おまえを尾けていた、うちの若い衆の行方が分からなくなったのだ」

「若い衆？」

「ああ。早乙女薙左といってな、〝闇の洗い屋〟に逃がして貰っていた佐七という男に扮していたのだが、姿を消したままだ」

「⁉――」

「知ってる顔だな。まさか、おまえが殺したのではあるまいな」

「な、何をバカな」

明らかに動揺している雁次郎を、世之助が乱暴に声を荒らげて責めようとしたが、加治はそっと制して、

「そんなふうに言っちまったら、言いたくても言えなくなっちまう。なあ、そうだろう、雁次郎とやら」

「…………」

「船宿『花筏』の女将のことを、俺たち船手で色々と探ったんだが、これがまたよく分から

ねえんだ。おまえさんなら、正体を知ってると思ったわけだ。何処の誰なんだ？」

「——何の話でえ。俺には〝洗い屋〟だの『花筏』だのってのが何なのか、皆目検討もつかねえや。行かせて貰うぜ」

そのまま立ち去ろうとすると、加治がさらにズイと立ちはだかった。

「大人しく話した方が身のためだぜ」

と諭すように言ったのは、世之助だった。

「加治の旦那はこう言ってるが、女将のことは粗方、分かってる。おまえの出方を見てるんだ。お冴《さえ》って名だってこともな」

「…………」

「だから、おまえの知ってることの一部始終を教えてくれれば、罪をチャラにしてやってもいい。洗い屋一味を捕らえた手伝いをしてくれたってことでな」

「しつこいな。俺は何も知らねえんだよ！」

世之助を突き飛ばす勢いで駆け出すと、その先にある角を曲がった。

加治と世之助も慌てて追った。

途端——。

ヒュンヒュンと空を切る音がして、手裏剣が飛来した。咄嗟《とっさ》に物陰に隠れたふたりは、刀を抜き払って身構えたが、すぐに敵の気配は消えた。

目の前に転がっている十方手裏剣を見て、

――伊賀者か……。

と加治は思った。

「世之助……相手は忍び。しかも、公儀隠密《おんみつ》と繋がりがあるとなれば、こりゃ偉いことになったな」

「へえ。ですが、余計、腕が鳴ってきやした」

ふたりが呼吸を合わせて路地へ飛び出すと、そこには雁次郎がうつ伏せに倒れている姿があるだけであった。駆け寄ってみると、喉に手裏剣を受けて、既に絶命している。

「!?――」

加治がチラッと見た方に、黒い影が幾つか駆け逃げていた。

すぐさま世之助が追った。

闇夜を突き抜ける風は、初夏だというのに冷たかった。だが、ひやりとしたのは風のせいではなかった。逃げたのとは別の一団が、背後から舞い降りてきたのだ。

世之助は長脇差を抜き払って蹴散らそうとしたが、次々と手裏剣を打ち続けてくる。懸命に避けるのが精一杯であった。

後から加勢する加治はその豪腕をふるって、バッサリとひとり、ふたりと黒装束の忍びを斬り捨てた。すると、一団はサッと飛び散るように闇の中に姿を消した。初めに逃げた者たちを追うのを邪魔しただけのようだった。

「逃がしたか……」

加治が低い声で言うと、世之助は首を振って、

「いいえ。あっしにはおよそ見当がついてます。『花筏』じゃありやせん。あの後、少しばかり張っていたのですが、『花筏』の神田川を挟んだ対岸には、南町奉行・鳥居耀蔵の別邸がある。元は高級料亭だったのを買い取ったらしいのです」

「待て。まさか、鳥居様が裏で操っているというのか？」

「それは分かりません。ですが、この先はドン詰まりで、奴らが逃げた方は、半間程の水路を経て、料亭の横手に出ます」

「ほう……」

「どうしやす？」

「考えるまでもあるまい」

加治はその足で料亭だった〝鳥居屋敷〟に向かった。

南町奉行の私邸とはいうものの、鳥居がいるわけではなく、元芸者だった囲い女を住まわ

せている所だった。気に入りの料理人も常駐させ、来賓を接待する館として使われていた。

玄関の表には、『神無月』という軒提灯までつけて、まるで料亭そのままである。

「ふむ……神のない月、か。冷徹と言われる鳥居様の好みのようだな」

ずけずけと入ると、印半纏《しるしばんてん》を着た用心棒風と浪人二、三人が集まってきた。一応は町奉行の屋敷だから警戒をしているのであろうが、これでは家来なのだか、ならず者だか分からない。

船手奉行所与力と加治は名乗ったが、相手は特段、驚いた様子はなく、

「何でございましょうか」

と一際体の大きな印半纏が声をかけてきた。

「今し方、ここへ黒装束が逃げ込んで来なかったか」

「さあ、別にそんな輩は」

「そんなはずはない。しかと、この目で見たのだ」

はったりである。だが、相手はまったく動じることはなく、

「この屋敷は実は、南町のお奉行、鳥居様の屋敷でございます。そのため、かような仰々《ぎょうぎょう》しい護衛をしてるのです。そんな輩が入ったとすれば、私たちが気づいてるはず」

「鳥居様の？」

加治は惚けてみせた。

「さようでございます。それでも、中を改めますか？」

「そうと聞いたら、益々、調べてみたくなった」

「なんだと？」

思わず印半纏たちは、気色《けしき》ばんで身構えた。

こやつらが、つい先刻、雁次郎を殺し、自分たちを襲って逃げた者たちだということは、加治は承知していた。後ろで見守っている世之助もそうと察して、いつでも闘える姿勢で臨んでいた。

「それとも、調べられて困ることでもあるのかな？」

「調べて何もなかったら何とする。仮にも鳥居様の邸宅だ。切腹では済まぬぞ」

「元より承知の助」

加治が睨みつけると、印半纏の大男はニタリと笑って、

「面白い……万が一、何もなければ、お奉行直々に……いや、お奉行に報せるまでもない。俺たちがきちんと始末をつける」

「黙れ、下郎！」

鋭い声で加治が怒鳴ると、印半纏たちも浪人たちもザッと足音を立てて引いた。

「町場であろうが、武家地であろうが、咎人が逃げたとあらば、探索をするのが船手奉行所の勤めだ。おまえらこそ、いい加減にしねえか！」

事実、船手奉行所には、「殺しや盗みなどの下手人が逃げた」と思える状況があるときには、たとえそこが大名領であっても、踏み込んで調べることができる特権があった。

ただし、これは海事に限られる。とはいえ、町奉行のように権限が及ぶ範囲が限られているのではなく、旗本や大名の領地、屋敷などを探索することができる。しかも、緊急を要するときは、老中や奉行の許諾書は不要なのだ。

「そんなことは聞いたことがない」

と奥から声がした。

ぶらりと刀を肩に担ぐようにして現れたのは、南町同心の伊藤であった。

「町方と船手では常日頃から、縄張り争いで、色々と面倒をかけあってるからな。多少のことは大目に見るが、出鱈目《でたらめ》はいけないぜ」

自信たっぷりに伊藤が言ったが、加治は不敵に目を細めて、

「俺は仮にも与力だぜ……てめえには前から腹に据えかねることばかりだったが、〝闇の洗い屋〟の手先なんざしてるとなりゃ、これはもう洒落にならねえ」

「てめえ……船手の分際で、与力も同心もあるか。ここは鳥居様のお屋敷だ。勝手なことを

すると容赦しねえ」

「入るッ」

加治はそう言うなり、履き物のまま中へ押し入ろうとした。どうでも通さぬと伊藤が刀に手をかける寸前、加治は目にも留まらぬ居合斬りで、その袖を切り裂いた。

「うっ――」

凍りついた伊藤に、加治は吐き捨てた。

「今度、動くとその首を刎ねる。これもまた、船手探索は天下御免、罷《まか》り通るってやつだ。構わぬというなら、かかってくるがいい」

伊藤は押し黙ったまま、裂けた袖をじっと見ていた。

八

前に立ちはだかる印半纏たちは、それぞれ匕首や長脇差を抱えていたが、抜き身を晒《さら》すことはなかった。

加治はそやつらを押し分けるようにして、玄関から廊下、幾つかの座敷の襖を開け放って、次々と検分した。その後から、世之助も周りに気を配りながら、ついて来た。

誰かが一歩でも踏み込んでくれば、叩き斬るつもりである。そうなれば、逆に加治と世之助は一斉攻撃を受けるであろう。敵は天井や床に潜んでいるのも含めて、三十人は下るまい。幾ら加治が鋼《はがね》のような体で、居合の達人でも、多勢に無勢では袋叩きにあうやもしれぬ。

それでも、加治は押し進んだ。

下働きの男や女が恐々《こわごわ》とした顔で、加治を見ていた。だが、加治の目は人間ではなく、屋敷の中の天井や梁、柱や床などをつぶさに見ているようだった。

一階の厨《くりや》から二階の座敷も歩きまわった挙げ句、加治は厨の横にある炭小屋に目をつけた。おもむろに扉を開けると、炭俵が隙間なく幾つも重ねられていた。

だが、加治の目にはそれが只《ただ》のお飾りだと分かった。足蹴にした途端、炭俵の山はひとかたまりのまま、ガガッと二つに分かれ、その奥に地下に向かう石段があった。中は真っ暗で見ることができないが、

「なるほどな……この屋敷と対岸の船宿が、地中で繋がっていたか」

と加治は呟いた。

「神田川の川底の下から繋げるとは、かなりの普請が必要だ。秘密裏にせねばならないし、到底、町人たちだけでできることではない」

振り返ると、印半纏たちはみな持っていた匕首や長脇差を抜き払った。中には手裏剣を手

にしている者もいた。

「尻尾《しっぽ》を出したな、下郎ども」

頭目格の大男は、じりっと間合いを取って、既に抜き払っている刀を突き出した。

「このことを知った限りには、生かして帰すわけにはいかねえ」

さらに間合いを詰めたとき、背後から見ていた伊藤が狼狽しながら言った。

「どういうことだ。これは一体……」

「何も知らなかったというのか、伊藤」

加治が尋ねると、伊藤は首を左右に振りながら、

「お、俺は……鳥居様直々に頼まれて、この屋敷を見廻っていただけだ……ほ、本当だ、信じてくれ」

「ならば、鳥居様もこの地中の道のこと、そして、〃闇の洗い屋〃のことを承知していたというわけだな」

「知らぬ。まこと、俺はこの妾《めかけ》の屋敷を見廻っておれと命じられたまでで」

先程、斬られた袖口が気になるのか、隠すように握り締めていた。

「どきな、伊藤の旦那」

大男が足蹴にでもするように地面を鳴らすと、いきなり斬りかかった。

鋭い勢いで抜刀した加治は、相手の刀を弾《はじ》き返した。その凄《すさ》まじい力は、大男の太刀《たち》を一瞬にして折ってしまった。刃は強くとも、刀の峰には〝筋目〟のようなものがあって、一点に集中して、そこを打たれると意外と脆いのだ。

一瞬の間があって――。

折れた切っ先がブンと唸り音を立てて、まるでブーメランのように戻ってくると、大男の背中に突き立った。

驚愕の目で見た他の印半纏たちは、頭目格の男が無惨にも倒れたのを目の当たりにして、戦意を喪失したようだった。

「貴様らは、元は伊賀者か」

返事はないが、図星のようだった。江戸城の番人になり損ねた伊賀者の中には、巷《ちまた》で盗賊の真似事をしたり、逃がし屋として五街道を股《また》にかけて暗躍している者もいる。

「哀れなものだな。忍びの末裔《まつえい》がやることとは思えぬが……鳥居様に金で雇われたか」

誰も答えず、ただ炭小屋の前で倒れ伏している頭目を見下ろしているだけだった。刀と同じように、こやつらの絆《きずな》も弱いものだった。誰もこれ以上、関わりたくないと思ったのか、這々《ほうほう》の体《てい》で逃げ出した。

さっきまで茫然と見ていた伊藤の姿も、いつの間にかなくなっている。

「あ、あいつ……」

世之助が探そうとしたが、加治は止めた。

「伊藤は本当に知らなかったのであろう。まあ、どうせろくな死に方はするまいが、肝心なのは、まこと鳥居様が関わっていたかどうかだ」

「それなら、まったく関わりありません」

という女の声に振り返ると、厨の中に立っていたのは、お冴だった。この屋敷と地下道で繋がっている『花筏』の女将である。

「あっ、おまえは！」

驚いて見やる世之助に、妖艶《ようえん》な微笑みの女将は軽く会釈をしてから、

「加治様……ここまで知られてしまっちゃ、言い訳のひとつくらいしなきゃなりませんねえ。元は深川芸者の私が何故に、〝闇の洗い屋〟なるものをしていたかって」

「話なら、船手奉行所で聞こう」

「あらまあ、私が逃げるとでも思ってるんですか？」

上がり框《かまち》に腰を落としたお冴は、蓮《はす》っ葉《ぱ》でありながら、なかなかの色っぽさで、

「こうなりゃ俎板《まないた》の鯉ですよ……でもね、旦那。鳥居様は仮にも南のお奉行様だ。しかも、幕府学問所大学頭である林家《りんけ》に繋がる御仁。こんなバカげたことに関わっている訳がありま

せんよ」

「お冴。おまえが鳥居様に囲われた経緯《いきさつ》は、こっちも既に調べがついておる」

「でしょうねえ」

「何年か前、鳥居様が花見に出かけた折に、おまえを見初《みそ》めて、女にしたようだが、決して表に出ることはなかった」

「はい」

「その訳を言うてやろうか」

「――どうぞ」

「花見で見初めたのは本当かもしれぬが……実は、おまえの本当の亭主こそが、〝闇の洗い屋〟の頭領だった」

「………」

「鳥居はそれを承知で、おまえに近づき、色仕掛けで落とし……いや、鳥居様にそんな技があるとは思えぬから、それこそ亭主を始末し、おまえに命乞《ご》いをさせたのであろう」

「だったら、なんなんですか」

「亭主を売ってまで、鳥居の女になったからには、何か見返りがあるはずだ」

「別にありませんよ。いえ、あるとしたら、私のことを、死ぬまで愛してくれることかしらねえ」

「そんなタマじゃあるまい」

「さあ、どうだかねえ。男と女のことは、当人同士しか分かりませんからねえ」

さらに蓮っ葉な様子になるのを、加治は見ていた。そして、幾つもの嘘があるような気がしてしょうがなかった。

「鳥居様は関わりない……そう言い切るのならば、船手に来て貰うしかない」

「あなたたち船手の者は、よほど町方に怨みがあるようですね」

「そんなものはない。逆だな。町方の方が、俺たち船手の邪魔をする。さっきの伊藤のようにな」

「あんな三ピン、相手にしなさんな」

「……どうなのだ。鳥居様が知らぬと言っても、ここにかような仕掛けがあって、〝闇の洗い屋〟を使って、咎人をお白洲にかけずに、次々と闇に葬っていたとすると、こりゃ、まるで閻魔の所行だ」

「閻魔の……」

「そうだ」

お冴は実におかしそうにアハハと笑うと、加治と世之助を流し目で見やり、

「私が勝手にやっていたんですよ」

「勝手に？」

「ええ。私は鳥居様に囲われている身です。少しでもお役に立ちたくて、内緒で〝闇の洗い屋〟として、咎人を探し出し、そいでもって始末してたんですよ」

「金を奪うとは抜け目がないな」

「死んでいく者に金なんか要《い》りますか？　ああ、地獄の沙汰もなんとやら、ねえ。でも、それとて閻魔様の機嫌次第。どうせ悪いことをして逃げてるンだから、そんな奴に誰も同情しっこないですよ」

「だから、奪っていたのか……そこまで話したのだから、鳥居様が知っていようがいまいが、その責は問われよう」

「でしょうか？」

あくまでも余裕の笑みを、お冴は浮かべていた。その不気味さの裏に何があるのか、さしもの加治もまだ気づいていなかった。

「俺が知りたいのは、それだけではない」

「は？」

「薙左の行方だ」

「…………」

「おまえが元締めなのなら、雁次郎が〝洗った〟早乙女薙左の行き先を知っているはずだからな。うちの若い衆だ」

「そんな人は知りませんねえ……佐七という奴なら、米俵と一緒に海に沈めたと、聞いておりますがね」

「別人と承知で、やったか……」

「うふふ。そりゃ、こっちも怪しいと思った奴には警戒しますからねえ」

加治と世之助は愕然《がくぜん》と立ち尽くした。薙左が迂闊《うかつ》なことをしたか、探索に落ち度があったか、加治は責任を感じて胸が痛んだ。

九

「そうか……念のために雁次郎は殺したか……だが、肝心のお冴が船手奉行所に連れて行かれたとなると、少々、厄介だのう」

南町奉行所の役宅の一室で、声を低めた鳥居の前に控えたのは、誰であろう船手同心の長沼平蔵であった。

「お冴が何と言ったところで、私が揉み消してみせます」

「できるか、それが」

「はい」

「だが、おまえがいながら、加治の奴めは、儂の別邸と『花筏』の繋がりを摑みおった。もはや下手な言い逃れはできまい」

「雁次郎こそが、黒幕だということにしておけばよろしいかと」

「戸田泰全を甘く見るな。それに……お冴のことは、佐七の父親だけではなく、何十人もの人間が会っておる。そやつらがお白洲で証言をするであろう。裏づけは幾らでもあるし、そもそもお冴が加治に喋ったからには……」

「ですから、船手の牢内にて自害でもさせましょう。そのために私がいるのですから」

「おまえに、できるわけがない」

「どういう意味ですか」

「己の胸に聞いてみるがよい」

「…………」

「どうじゃ」

さしもの鳥居も、次の一手に窮していた。老中への賄は過分に渡していたが、〝闇の洗い屋〟について深く追及されれば、認めざるを得ない。

「しかし、まだ別の道はある」

「別の道……」

と言いながら、長沼はわずかに仰《の》け反《ぞ》った。

「まさか、私を〝洗う〟つもりではありますまいな」

「勘がよいな」

「お奉行……そんな無慈悲な……」

妖怪と呼ばれた鳥居である。どのような罠《わな》があるのか、俄に不安に襲われた長沼は辺りを見廻した。

「何を怯《おび》えておる。おまえ自身が、今まで他人にしてきたことを、己にすればよいのだ。つまり、姿を消すのだ。有り金残らず持ってな」

「…………」

「船手の同心暮らしに嫌気がさした。それゆえ、儂の手駒になっていたのであろう？」

「あ、はい……」

「おまえはなかなかの切れ者だ。それゆえ、お冴とできていたことも、黙って知らぬふりをしておった」

「エッ……そこまで……」

「だからこそ、お冴を始末できまいて」

「！……」

「それとも、消すことができるか」

「……鳥居様の惚《ほ》れた女でもあるのですよ」

「おまえと寝た女なんぞ、もういらぬ」

ぞくっとするほどの冷笑を浮かべた鳥居を、間近で見た長沼は腰が抜けそうだった。かなりの強面で通っていた長沼でも、今すぐ逃げ出したいほどだった。

「お冴をその手で始末し、そのまま〝闇の洗い屋〟の頭領として、姿を消せ。さすれば後は、儂が公儀の追っ手を握り潰す」

「でも、老中様には……」

「〝闇の洗い屋〟は儂の密偵。幕府に対して謀反を起こしている輩を根絶やすための、方策だったと説明をすれば、老中首座の水野様も納得するであろう。水野様さえ疑いを挟まなければ、後のバカ老中はどうとでも籠絡《ろうらく》できる」

「ほんに恐ろしいお方でございますな。逃げたい者から金まで……」

「儂は金のことなど、どうでもよい。だからこそ、すべて、お冴に任せていたのではないか。

儂が成し遂げたいのは、不穏分子を一掃すること。そのためには、公儀が追い詰め、〝闇の洗い屋〟が逃がし……その上で、亡き者にすることだ」

もはや、長沼は何も言わなかった。

その日のうちに――。

船手奉行所に戻った長沼は、戸田奉行にこの数日の探索を報告した。

「――そうか。〝闇の洗い屋〟なるものの正体は依然、不明のままか」

「申し訳ございませぬ」

「だが、加治によって、一味の頭領と思われる女を捕らえておる」

「まことですか」

「うむ。長い間、一味を追っていたおまえが、直《じか》に問い質《ただ》してみよ」

「ハハア」

すぐさま、お冴を牢から連れ出した長沼は詮議所に連れて行き、ふたりだけになった。そして、小声で話しかけた。

「俺の言うことを聞け」

「え？」

「おまえが助かるには……」

「助かるには？」

「鳥居様を裏切るしかない。すべてを話して、鳥居様が画策していたことの一切合切を述べるのだ。むろん、おまえとの関わりもな」

「…………」

「だが、俺のことは何も言うな。そして、戸田奉行の裁許に従え。よいな。戸田奉行は鳥居様の悪行を白日のもとに晒すことができれば、おまえには温情をかける。決して死罪にはならぬ。遠島で済む」

「…………」

「遠島に決まれば、その途中で、必ずおまえを救い出す。俺と一緒に上方にでも逃げよう。分かるな、俺の言っていることが」

お冴は怪しむような目になって、

「鳥居様を裏切れと言うのですか」

「既に裏切っているではないか。俺とおまえの仲は、鳥居様は承知している。その上で、おまえをここの牢内で消せと命じられた。俺には……惚れたおまえをこの手で殺めることなんぞできぬ。だから……」

「嘘――」

きっぱりと、お冴は言い切った。

「……鳥居様がそんなことを言うはずがありません……本当はあなたが、私ひとりのせいにするために、何も語るなと言っているんじゃないの？」

「違う。俺を信じてくれ。でないと、鳥居様の思う壺だ……あの男は人間じゃない。なあ、お冴。ここはふたりで上手く乗り切って、自分たちで自分を〝洗おう〟ではないか。ああ、金ならたんまり稼いだんだ。一生、何不自由なく暮らせる。だから……」

「いいえ。私はどんなことがあっても、鳥居様を信じています」

「なぜだ。どうして、そこまで……」

「あんたと寝たのだって、鳥居様の命令。手懐《てなず》けるためにね。別に惚れた腫《は》れたからじゃない。鳥居様のため」

「！……」

長沼は愕然となった。どうして、そこまで鳥居に身を捧げられるのか、お冴の気持ちが分からなかったからである。

「簡単なことさね……あの人のためなら、なんでもできる。惚れちまってるからだよ」

惚れているのではない。鳥居に操られているに過ぎないと思ったが、長沼はもう何も言わなかった。

「ならば……この場で……」

脇差を抜き払った長沼に、お冴はまったく怯える様子もなかった。それどころか、

「これで、本当に余計なことを喋らずに済む。鳥居様に迷惑をかけなくて済む」

と微笑んだ。

「お冴……！」

感情の昂《たか》ぶった長沼が、脇差をぐいと叩き込もうとしたそのとき、サッと襖が開いて、薙左が踏み込んできた。その後ろから、鮫島も現れた。

長沼は薙左の顔を見るなり、

「早乙女……無事だったのか……」

「はい。お陰様で」

薙左は長沼を凝視したまま、恬淡《てんたん》とした態度で、

「その女を殺せば、すべてが闇の中になります。長沼さん。最後の最後くらい、武士として潔くしませんか」

「…………」

「佐七に扮して雁次郎に近づいたとき、サメさんとあなたが私を尾けていたはずだ。けれど、あんたは掘割を進む際、サメさんをあらぬ方へ導いた」

「それが、どうした」

「危うく殺されそうになりました」

　黙って聞いている長沼に、薙左は穏やかな声で続けた。

「一体、誰が助けてくれたと思います？」

「…………」

「佐七ですよ」

「？……」

「船手奉行所で匿っていたんですが、そこで父親とじっくりと話していて、佐七は己がやってきたことを悔いたそうです。それで、私が身代わりになって行くと知ったとき、こっそり尾けてきていたそうです。ええ、海まできっちりと」

　俵に繋がれて海に落とされたとき、佐七は我が身を省みずに飛びこみ、必死に俵を切り裂いた。中にあった米がずるずると出てしまって軽くなった薙左は、間一髪のところで浮き上がることができたのだった。

「人間というものは、長沼さん……どんな悪行を重ねた者でも、ぎりぎりのところで善の芽が出るものなんです」

「…………」

「青臭いと言われようが、そうなんです。でも悲しいかな、そうではない人間がいるということも知らされた……私も船手同心として勤めはじめてわずかですが、そう思わざるを得ない事件がいくつもあった」

「…………」

「でも、あなたにはそうであって欲しくない。あなたが武士をまっとうするためには……いえ、人間として死ぬとしたら、すべて正直に、何もかもを話して、身を処すべきではありませぬか」

「若造が知った口をききやがって……」

長沼は口をへの字に曲げて、断じて自分は悪くないと言い張った。

「俺がどんな思いで船手なぞに来たか、おまえに分かるか……こんな吹き溜まりの奉行所なんぞで朽ち果ててたまるか。俺には夢があった……町方として、役人として成り上がる夢があった……綺麗事で世の中が渡れるなら、誰も苦労はしねえ。この世は金だ。でなきゃ権力だ。俺にはそのどっちもない。だから、悪事に手を染めた……この女と一緒なら、どんな悪行にも手を染められる。そう思ってな……だが、それもまた……」

と手にしていた脇差で、お冴を殺そうとした。寸前、鮫島が割り込んで、長沼に当て身をして脇差を奪った。

だが、お冴の唇からは、真っ赤な血が溢れてきた。秘かに飲み込んだ毒を、奥歯で嚙《か》みしめたようだった。

「お……お冴……！」

長沼は思わず抱きしめたが、お冴の方は穢《けが》らわしいという目つきで睨んでから、しばらく喘《あえ》いでガクリとなった。女でありながら、壮絶な最期《さいご》であった。

「さほど鳥居耀蔵に魅入《みい》られていたか……いや、あの妖怪に、心を操られていただけだ……そう信じたい」

廊下から見ていた戸田泰全は、野太い声で呟いた。

「来年の桜を見たいと必死に頑張る女もいるのに、平気で犬死にする女もいる……どうなっているのだ……どうなって……」

薙左は得体の知れぬ不安に囚《とら》われた。だが、一条の光明があった。来年の桜を見たいと願う者の方が、人を立ち直らせることができたからだ。

船手奉行所の朱門は、江戸湾から吹きすさぶ海風に運ばれた飛沫《しぶき》で、びっしょりと濡れていた。まるで泣いているように。

第三話　身代わり地蔵

一

小名木川の猿江稲荷辺りから、少し入り組んだ所に、閻魔堀《えんまぼり》という鬱蒼《うっそう》とした水路がある。腐食した樹木や生き物の死骸《しがい》などが、長い年月かけて溜まっているせいで、異様な臭いが漂っており、樹海のように薄暗い。人が近づくことはまれだが、船手番同心は月に何度かは通わなければならなかった。時に、変死体が沈んでいることもあるからである。

どんよりした閻魔堀は、その名のとおり、不気味な雰囲気ゆえ、薙左も見廻りをするのが億劫《おっくう》だった。

「サメさん……どうも私は、こういう所は苦手でして……」

猪牙舟の櫓を漕いでいる早乙女薙左は気弱な目で、艫に座っている鮫島拓兵衛に言った。

鮫島は苦笑を返して、

「まさか、幽霊やお化けの類《たぐい》を信じているのではあるまいな」

「お化けはともかく、世の中には人智《じんち》が及ばぬことがあることは、確かでしょう」

「かもしれぬが、恐《こわ》いのはお化けではなく、それを考えた人間かもしれぬ。もののけは人の中にいるということだ」

鮫島が暗渠《ねはん》のような水路を見やったとき、ギギッと鳥の鳴く声がした。

びくんとなった薙左を見て、さらに笑った鮫島は、

「これくらいでビクついていたら、仕事になりゃしねえ。奉行所に帰って寝てるか？」

と、からかうように言った。

「大丈夫ですよ」

「そうは見えねえがな。ゴマメの歯ぎしりとは承知していたが、ゴマメほどの心の臓とは知らなかった」

「サメさん……」

言いながら薙左は、頭を屈《かが》めて腰を落とした。前方に現れた、小さな橋の下をくぐるためである。

「そういえば……あの地蔵は、まだ見つかってねえな」

と鮫島が言った。

「あの地蔵？」

「あれ？　知らないのか？」

「なんです」

鮫島は黒くて底がはっきり見えない掘割の中を指しながら、

「この橋の袂にあった地蔵だよ。それを、バチ当たりなことに、この掘割の中に落とした奴がいるんだ。もう五年も前のことだがな」

「地蔵を……」

「誰が落としたか分かってるんだが、戸田奉行の調べに、『私が落としたのではない。体を悪くして仕事がなくなり、入水しようと思っていたところ、地蔵が勝手に私の代わりに飛びこんでくれたんです』って言い張ったんだ」

「勝手に地蔵が……」

「そんなこと、あるわけがなかろう」

「いえ。この世の中には、人智の及ばぬことが……」

「ただの石ころとは言わねえが、地蔵が自ら川に飛びこむか」

「ですよね……で、それが何か？」

「だから、この辺りじゃ、地蔵の祟《たた》りがあると噂されていてな。妙な病が流行ったり、不審な火事が続いたりするってんだ」

「ええ？」

「近頃、続いている妙な死体も、そのせいではないかと言われてる」

「まさか……」

「さっさと引き上げたいから、潜った奴もいるが、あまり水が流れていないし、雨水が溜まったような汚い所だからな、見つからない……多分、底の泥に埋もれてしまったのかもしれねえが、それにしても地蔵様を水の中に沈めたままってのは、あまり気持ちのよいものではあるまい」

「そうですね」

薙左は背中がぶるっとなった。祟りという言葉に怯えたわけではないが、橋をくぐったときに異様な気配を感じたのである。

地蔵は橋の袂にあったというが、元々、そこは、その昔、村の水牢があった所だという。まだ江戸時代になる前の話である。捕らえた咎人に犯した罪を白状させるため、水責めにしていたのだ。

「そこで死んだ者たちを供養するために、置かれた地蔵らしい」

「それを酒に酔って落としたらしいのだが、祟りを恐れたその男は……たしか、うらなり長屋の長兵衛《ちょうべえ》という大工だったと思うが……女房子供と江戸から姿を消した」

「…………」

「サメさん……そんな話はもういいですよ」

「恐いのか？　ハハ。おまえの弱味をまた見つけたな」

「またって、弱味なんてありませんよ、別に」

たわいもない話をしていると、キャアと悲鳴が聞こえた。女の声だ。

振り返ると、さっきくぐったばかりの橋の上を駆けて来る武家女がいた。鬱蒼としているから、はっきりと顔は見えないが、後ろから遊び人風の男が追って来ている。

鮫島はすぐさま、薙左に命じた。

「岸へ着けろ」

「はい」

武家女は橋を渡り終えると、薙左たちの船影を見たのか、掘割沿いの小径《こみち》を駆けて近づいてくる。だが、遊び人はあっという間に追いついて、ガッと武家女の肩を摑んだ。

「お願いです。ご勘弁下さいませ」

「ならねえな。おまえは今し方、何処にでも連れて行ってくれて構わない。その口でそう言ったんだぜ。出合茶屋にまで呼んでおいて、俺は蛇の生殺しか？」

「許して下さい……どうか、許して」

「そんなに嫌かい。まあ、嫌がる女を手込めにするほど、こちとら飢えてねえやな。その代わり……金を貰おうか」

「えっ」

「十両盗めば首が飛ぶ。それほどの大金とは言わねえ。七両五分にしといてやるから、持ってきな。なに、これは不義密通がバレたときの手切れ金の相場だ」

「……」

「いいか。明日までに金を用意しな。そしたら、亭主には内緒にしててやるよ」

「そんな……私にはそんな大金なんか、ありません」

「金はねえだ、寝るのは嫌だじゃ話にならねえ」

乱暴に抱きつくと、その襟首がぐいと引っ張られた。そのまま仰向《あおむ》けに倒された遊び人が見上げたのは、鮫島の姿だった。

「な、何をしやがる、てめえ」

抗おうとする腹を、鮫島は乱暴に踏みつけた。

「あうッ！」

「いい歳こいて何やってやがる。嫌がってるじゃねえか、おい」

「ど、どきやがれ、三ピン！」

必死に跳ね起きた遊び人は、身軽に間合いを取ると、鋭く匕首を抜き払った。

若い武家女は吃驚して、凍りついている。

「すっこんでろ、このやろう！」

遊び人は慣れた手つきで匕首を握り直して、鮫島に突きかかった。だが、わずかに体《たい》を入れ替えただけで、匕首はなぜか宙に舞い、遊び人の体はもう一度、地面に叩きつけられていた。

「くそッ。覚えてやがれ」

男は転がりながら叫ぶと、そのまま鬱蒼とした樹海のような林の中に逃げた。

「ご新造《しんぞ》さん、怪我はなかったかい？」

ほんの一瞬、鮫島の顔を見たが、武家女は怯えたように目を伏せ、

「ありがとうございました……助かりました。御免下さいまし」

と頭を下げて、そそくさと遊び人が逃げた方とは違う小径へ小走りに去っていった。振り向きもせずに、ひたすら立ち去る背中の帯が、艶《あで》やかに揺れていた。

「なんですか、あれは」

薙左は、武家女のいい加減な態度に腹立たしげに言った。

「ならず者も酷いが、あの女もなんだか嫌な感じですね」

「……何か、余程の訳がありそうだな」

「気になるのですか？　サメさんらしくもない」

「関わりないか」

「でも、さっきの遊び人は……何処かで見たことがあるような……あ、そうだ」

と薙左は手を叩いた。

「南町同心の伊藤様が使ってる岡っ引の天狗の弥七とよくつるんでる奴じゃ」

「なんだと？」

「たしか……久《く》佐《さ》蔵《ぞう》とかいう、町の嫌われ者です」

「さっきの様子では、このままですみそうにないな。ちょいと探りを入れてみるか、その久佐蔵とやらに」

「あれ？　やはりサメさんらしくない。ハハン、もしかして、さっきのご新造さんが別嬪《べっぴん》だったから、関わりになろうって魂胆じゃ。分かり易《やす》いですねえ」

「そんなんじゃねえよ、バカ」

見透かされたのを誤魔化すように、鮫島はもう一度、武家女が消えた方を見やった。そよそよと吹いてくる風が、不気味な樹海を一層、怪しげにしていた。

二

体から湯気が上がっているのが、月光に浮かび上がる。

銭湯に行った帰りであろう。髷に濡れ手拭《てぬぐ》いを乗せ、鼻歌交じりに歩いて来る職人風の男がいた。神田須田町の外れである。

その男の足がつと止まり、信じられないとでもいうように目をむいた。

「ひいっ」

声にもならない悲痛の表情で、喉元あたりを触りながら、男はその場にドタリと倒れてしまった。その体はしばらくビクビクと痙攣していたが、やがて微動だにしなくなった。

その夜道に、数人の侍が現れた。中心になっているのは、頭巾《ずきん》を被った身分の高そうな者で、後はその家臣のようだった。

「なるほど……随分と死ぬまでの時が、短くなったな」

頭巾の侍がくぐもった声を洩《も》らした。

家臣の一人が、倒れた職人風の男の喉元に手を伸ばした。

そこには、一本の三寸程の針のようなものが突き立っていた。

「さすがは、殿。吹き矢の名手だけのことはあります。新陰流免許皆伝の剣術よりも、この方が得手なのでは？」

「うむ。この吹き矢を作った者には、たんと褒美を与えておけ……これさえあれば、離れた相手でも、一撃で倒せる。むふふ」

月光にかざして眺める吹き矢の針は、不気味に輝いていた。

「如何でございます、殿。ご自身で試されたのですから、得心できましたでしょう」

「見事だ」

「されば、長居は無用でございます」

家臣の筆頭格が合図を送ると、頭巾の侍は近くの路地に止めてあった武家駕籠に向かった。家臣たちは辺りを警戒しながら、取り囲むように主に駕籠まで付き従った。

そして、すぐさま音もなく、路地の奥へ消えていった。

それを——近くの天水桶の陰から、同じく職人風の中年男が驚愕の目で見ていた。

大工の長兵衛である。

「え、えらいことだ……」

駆け寄ろうとしたとき、御用提灯を掲げた岡っ引・天狗の弥七が、南町定町廻り同心の伊藤俊之介とぶらぶら歩いてきた。

「あっ！　誰かが倒れてますぜ、旦那」

弥七が駆け寄って声をかけたが、反応はない。体を起こして揺すったが、まったく返事をしないので、

「どうせ酔っぱらいではないのか？」

と追いついてきた伊藤が呆《あき》れ声で言った。

「だらしがない。しっかりせんか」

伊藤がもう一度、揺らしたとき、喉からつうっと一筋の血が流れ出た。

「うわッ……し、死んでる！」

一瞬、飛びのいた伊藤は改めて、死体の喉を確かめるなり、

「げっ。またぞろ、身代わり地蔵の祟りか⁉　とんでもねえものを触ってしまった」

と伊藤は掌を羽織に擦りつけながら、遺体を足蹴にして、掘割に落とした。

「こちとら、こんなものを扱うほど暇じゃねえんだ。どうせ、船手が片づけるだろうよ。いいな、弥七。これは端《はな》から、この掘割を流れてた、よいな」

「へえ。おっしゃるとおりで」

ふたりは何事もなかったように、それでいて急いで、その場から離れていった。

思わず飛び出そうとした長兵衛だが、あまりにも異様な光景が続いたために、恐ろしくて踏み出すことができなかった。

「この世は鬼と夜叉《やしゃ》の住処《すみか》か……と、とんでもねえものを見ちまった……」

長兵衛はぶるぶる震えて、しばらく動くこともできないでいた。

職人風の亡骸《なきがら》が、鉄砲洲の船手奉行所に運ばれたのは、翌朝のことだった。隅田川まで白魚漁に出た漁師が見つけて、番小屋に届けたのである。

じっくり死体を検分した加治周次郎は、喉の傷が気になった。

「たしか、これと同じ傷の者が……」

半月程前に見つかったが、身元が分からず、さらに半月程前にも北町奉行所が扱った死体の中にあった。おそらく同じ者が、吹き矢を使って殺したのであろうが、

「今度はただの吹き矢ではなく、神経を駄目にしてしまう薬が塗られていたようだな」

と加治は判断をした。きちんと医者による検死をせねば正確な死因は断定できないが、加治も長崎で医学を学んだことがあるから、下手な医者より目は確かだった。

「殺されたのは、大工の末吉《すえきち》という男で、町内の湯屋からの帰り道だったようです。懐には財布があったので、物盗りではありませぬ」

「これで、三人……いや、他にも似たような死に方をしたのが四、五人いるから、身代わり地蔵の祟りだと書き立てる瓦版屋がいたが……あの地蔵はなぜか喉に穴が開いていたというからな、その噂もあながち出鱈目とも思えぬな」

検死に立ち会っている戸田泰全が言うと、加治は奉行らしくないと諫《いさ》めた。

「これは地蔵の祟りなどではありませぬ。人がやらかしたことです」

「そう真面目に絡むな。俺だってそう思ってるよ。だが、これだけ鮮やかな吹き矢を使うとなると……」

「よほどの手練《てだ》れです。忍びか何かでしょうか」

「いや、そうとも言えまい。先に見つかった亡骸は俺も見たが、いずれも、かように一撃、打ちのめされてはいない。喉を外し、頰や頭、肩などにも当たった痕《あと》があった」

「………」

「吹き矢は我ら船手でもよく使う。船の上では足場が悪いから刀を使うのは難しい。それに、船で離岸した咎人を狙うのも槍《やり》や弓矢、そして吹き矢が役に立つ」

「たしかに、本当の手練れがやったとなれば、毒を塗る必要はありますまい……もしや、下手人の狙いは、喉を打つというよりも、吹き矢の威力や薬の効き目を確かめるため……」

「恐らくな」

「お奉行……」

不安が広がる加治に、戸田は真顔になって頷いた。

「いずれにせよ、人を人とも思わぬ非道なふるまいを許すわけにはいかぬ。しかも、川に捨てるとは、船手も舐められたものだ。のう加治、何としても下手人を探し出せ」

「承知ッ──」

加治は決然と頭を下げた。

三

一方、薙左は湯島天神裏にある長屋に、久佐蔵を訪ねて来ていた。世之助も一緒である。あちこち聞き回って、やっと探し当てたのである。

木戸口をくぐろうとしたとき、薙左を追い越した三十絡みの侍が、まっすぐ久佐蔵の部屋の前に行った。そして、いきなり扉を開けて、ずけずけと乗りこんだ。

「？……」

異様な気配を察した薙左は、すぐさま追って、部屋の中の様子を窺った。

そこには、昼間から酒を飲んで、ほろ酔いの久佐蔵が壁に凭れてあぐらをかいている姿があった。その前に、今し方、来たばかりの三十絡みの侍が、唐突に土下座をした。

「な、なんでえ、おまえ様は」

立ち上がろうとするが、酔ってふらついて、まともに起きられない。

「私は……私は、綾佳《あやか》の夫だ」

「え、ええ⁉」

起き上がろうとしたが、へたり込んだ。

表で見ていた薙左は、侍が刀を抜くのだと思って身構えたが、そうではなかった。侍は鞘ごと抜くと傍らに置いて、

「久佐蔵殿！　すまぬ、このとおりだ」

深々と頭を下げた。

「え？」

「綾佳の……妻の不始末は私のせいだ。どうかこれで、勘弁して貰いたい」

小判一枚を差し出して、侍は頭を下げた。

「ま、待て……あんたは本当に、あの綾佳の亭主……風間小五郎《かざまこごろう》さんなのですかい？」

「頼む、久佐蔵殿。これにて、綾佳のしたことを忘れてもらいたい。お願い申す」

もう一度、侍が深々と頭を下げると、久佐蔵はようやく事態が飲み込めたのか、あぐらを組み直して、ふてぶてしい笑みを浮かべた。

「──旦那。そりゃ、ちょいと虫がよすぎやせんかねえ」

「かもしれぬが、何とか……」

「初めに声をかけたのは、たしかにあっしの方でさ。しかし、おかみさんもその気になって、身を任せてきたのもたしかだ……ああ、なんとも艶々した肌で、あそこもぐいぐい吸いつい

て、とても人の妻とは思えなかったくらい極楽だった」

「………」

「まあ、お武家のお内儀が、俺みたいな遊び人と遊んでるなんてことが世間に洩れれば、おたくもおしまいだ。そうだろ？　黙って貰いたいなら、これっぽっちの金じゃ話にならねえ」

「ならば、幾らで……」

「あっしはお内儀に、七両五分でなら話に応じると言ったんでやすがねえ」

仕方がないという顔で、風間は財布ごと差し出した。

「あるのなら、初めから出して下さいよ」

欲どしい目で財布の中身を見やると、久佐蔵はニンマリと笑って、

「まあねえ……あっしも鬼畜生じゃありやせんから、金輪際、お内儀のことは忘れることにいたしやしょう。もっとも、あの肌触りだけは、忘れることはできやせんがね。うひひひ」

「――か、かたじけない」

頭を下げて、ほっとしたように刀を手にして立ち上がった風間に、久佐蔵はからかうような目つきで、

「旦那。その刀は竹光かなんかですかい？」

風間の背中がびくりと緊張した。

「あっしが旦那だったら、おかみさんをぶった斬るか、さもなきゃ俺を……」

言いかける久佐蔵を振り返って、小さな声で言った。

「ああ、ふたりとも斬ってやりたい。だが、その金で片がついたのだ。この先、面倒を起こすなら、本当に斬るやもしれぬ」

「じょ……冗談ですよ、旦那。あっしは何も、そんな……」

一瞬、鋭い目を向けた風間は元のとろくさそうな顔になって、そそくさと表に出た。必死に唇を嚙みしめている。

表に出た途端、薙左の姿をみとめて、一瞬、刀を引き寄せて身構えた。

「！……」

その動きは人目には分からぬが、明らかに手練れであった。薙左にはそう感じられた。だが、風間は目を逸らすと、そのまま項垂れるように立ち去った。

ぶらり出て来た久佐蔵が、薙左を見てアッと驚いた。

「あんた……たしか、あのときの……」

「久佐蔵だな。叩けば幾らでも埃が出てきそうだな。少しばかり話を聞かせて貰おうか。俺は船手奉行所同心、早乙女薙左だ」

「船手……」

手荒いことで有名な船手奉行所だけに、久佐蔵はぶるっとして首を竦《すく》めた。

「今のお侍は、何処の誰だ？」

「………」

「さっきまでの能弁は何処に消えた。話すのが嫌なら、他に手立てがあるが」

「風間小五郎様だよ。元は越後三日月藩の藩士らしいが、今は浪々の身だとよ。それくらいのことしか俺は知らねえ。お内儀が何で俺なんかに色目を使ったのかも分からねえ。ま、あの亭主の様子じゃ、夜の方もちっともお構いなしのようだがな」

「余計なことは言わなくてよい。さあ、もう少しつきあって貰うぞ」

薙左は久佐蔵を部屋に押し入れて、ドンと腰を落とした。

風間の家は深川不動外れの借家であった。かなり古い屋敷だが、冠木門は武家の住まいらしく堂々としていた。梁や柱はしっかりしており、幾たびもの地震にも耐えてきたようだった。

門札には『風間』と立派な文字であった。

風間がその門をくぐって、玄関の戸を開けると、上がり框の奥に、綾佳が三つ指をついて座っていた。

「綾佳……」

着物の内には白装束を着こんでいるようだった。

「どうした、綾佳。何のつもりだ」

「あなた様は久佐蔵を斬ってきたのでございましょう。ならば私も斬らねば、不義密通を始末したことにはなりますまい」

「…………」

「私も武士の娘、そして武士の妻。元より覚悟はしていますので、どうぞひと思いに斬って下さいませ」

毅然と言って、綾佳は瞑目《めいもく》するように瞳を閉じた。その美しい瓜実顔をしばらく眺めていた風間は履き物を脱ぐと、そのまま上がって、奥の書斎へと足を運んだ。

文机《ふづくえ》の前に座った風間を追ってきた綾佳は、背中から声をかけた。

「私に生き恥を晒せというのですか。どうかお聞き下さい。私は……」

と言いかけるのへ、風間は控え目な声で、

「久佐蔵は斬っておらぬ。端から斬る気もない」

「ならば、なぜ、あの男の長屋に……」

「おまえのことを忘れろ。そう頼みに言っただけだ。奴の望みどおりに金も払った」

「ええ!?」

愕然と見やる綾佳の顔には、侮蔑《ぶべつ》の表情すら浮かんできたが、風間は淡々と言った。

「私の頼みを、久佐蔵はあっさりと承知した。だから、二度とおまえの前に現れることはない。だから、おまえも……二度とあの男には近づくな」

「あのような……ならず者に頭を下げたというのですか!?」

「さよう。今の私たちにとって七両、八両というのは痛手だったが、やむを得まい。あの手の輩は金で片がつく」

「………」

「慣れぬことをしたので喉が渇いた。酒を所望できるかな」

「――あ、はい……」

綾佳は力なく返事をすると、その場から逃げるように立ち去った。見送った風間の目にも寂しさが浮かんだが、それを振り払うように書物に目を移した。

そんなふたりの様子を――。

世之助が裏庭の植え込みから、じっと窺っていた。

「薙左が尾けろって言うから来てみたが……なんだ。だらしねえ旦那だ……いっそのこと俺みたいに刀を捨てればいいんだ」

四

いつものように、吹きさらしの海風が縄のれんを激しく揺らしていた。

当然、『あほうどり』の店内も食台がガタガタ揺れるほど、しょっぱい風が舞っているが、客は一向に気にする様子もなく、お藤とさくらの笑顔とはつらつとした声が飛んでいた。

薙左と世之助から報せを受けた加治は、

「それが何なのだ」

といつになく不機嫌だった。鮫島の直感とやらで、久佐蔵を探ったのはよいが、ただの不義密通に船手が絡むことはない。

「一体、おまえたちは何をしていたのだ。吹き矢の事件のことを真剣にやらんか」

アイナメの刺身とキンメの煮付けを運んできたお藤は、不機嫌な加治の好きな貝柱のかき揚げも添えて、

「何が気がかりなのですか、加治さん」

「え?」

「だって、何か苛ついたり、気がかりだったりすると、必ずその姿勢で止まっている」

杯を唇の前に掲げたまま飲みもせず、かといって戻しもせず、じっとしているから、お藤には分かるのだ。

「ふん、女房面しやがって」

「あら、随分ですことねえ。これでも、あなたを思って、ずっとここで待っているんですけれどねえ」

その昔、わりない仲だったふたりのことは、〝公然の秘密〟である。お藤が加治のことを忘れられず、船手奉行所の近くにわざわざ店を開いたということも、ずっと側にいたいというお藤の思いがあってこそだ。

「ゴマメちゃんと世のさんの話によれば、風間さんてカチカチのお侍さんは、死に装束まで覚悟していた奥方に対して、何の仕打ちもしなかったというじゃありませんか」

「…………」

「なんだか、だらしなくありませんか？　男としても侍としても」

「だから、それが何なのだ。腰抜けを調べて何とする」

加治は関わりないことに首を突っ込むなと言った。

「腰抜けといえば、そのとおりかもしれません。私は女房も子供もいないので、よく分かりませんが。でも……」

と薙左は口を挟んだ。

「でも、久佐蔵の長屋で、ほんのわずかな間ですが、私と向かい合ったときの風間は、只者ではありませんでした」

「只者ではない？」

薙左は風間の一瞬、鋭く身構えた姿を思い出していた。

「はい……何かは分かりません。しかし、あの侍には、心の闇……はっきりと言葉にするのは難しいのですが、得体の知れない何かが蠢《うごめ》いている気がしたのです」

「得体の知れない？」

「あの後、私は久佐蔵から、色々と話を聞きましたが、綾佳さんという風間小五郎さんのお内儀は、何かを探るために自分に近づいたのではないか、と言ったのです」

「何かを探る？」

「それが何か、久佐蔵にはサッパリ見当がつかないとのこと。でも、あまりにもいい女だったので、いただいちゃったと」

「下品な言い方。女をモノ扱いしないで貰いたいわねえ」

さくらが頬を膨らませて文句を言った。

「茶々を入れないでくれよ、さくらちゃん」

薙左は軽く制してから、加治に向きなおった。

「ですから、綾佳さんが他にも関わったと思われる男を、少しばかり調べてみましたが、分かったのは、いずれも博打をしているような遊び人風の者ばかりで、中には渡り中間などもいました」

「高貴な女は下賤《げせん》な男とまぐわいたくなるってからな」

「加治様……」

「おまえまで、そんなに真面目な顔をするな。それが女の本性《さが》というものだ……鮫島なら、そういうだろうよ」

「そのサメさんなら、綾佳さんと関わった男を徹底して調べているそうです」

「だから、なぜ、そこまで……」

「分かりません。ただサメさんは、必ず吹き矢の一件と繋がっている。そう言ってました。ただ私は……それ以外に、何か狙いがあるような気がしてなりませんが」

「何かとは？」

「そこまでは分かりませんが……」

不可解な表情のまま首を横に振った薙左を見ながら、お藤がぽつりと言った。

「死に装束……」

「え？」

「色々な男に体を預けるお内儀が、自らの非業を承知していて死に装束で、夫の帰りを待っている。その人妻の気持ちには、死にも勝る大きな苦しみがあるんじゃないかしら」

「死にも勝る苦しみ……」

「女にしか分からない気持ちです」

お藤が静かに言った途端、それまでざわざわしていた波に、凪《なぎ》が訪れたようになった。薙左も加治も、そして世之助も打たれたように動かなかった。


その頃、鮫島は――。

ある護岸の普請場に来ていた。人足が仕事の準備をしたり休んだりする小屋を、せっせと建て直している大工がいる。

その中で、一際、一生懸命やっている大工がいた。長兵衛である。

「うらなり長屋の長兵衛だな」

背後からかけられた声に振り返った長兵衛は、鮫島の姿を見て怪訝な顔になった。

「折入って、話をしたいことがあるんだが、つきあって貰おうか」

長兵衛は異様なほどビクンとなって、

「何だよ、聞きてえこととは」

「そんなに驚くことはねえだろう。俺は船手奉行所同心の鮫島……」

言いかけたとき、長兵衛の顔にはさらに恐怖の色が広がった。

「おまえが地蔵を落としたせいで、江戸中で祟りが噂されている。そのことは知っているかい？」

「…………」

「いつ江戸に舞い戻ってきた」

「勘弁してくれよ。俺が何をしたってんだ。しかも、もう五年も前の話のことを……言っておくがな、俺は地蔵を落としたりしちゃいねえ。あれは本当に勝手に落ちたんだ。それで俺は、女房子供を道連れにして心中をせずに済んだんだ」

「のようだな……」

と鮫島はじっと長兵衛を睨んだまま、

「今日、来たのは、そのことじゃねえ。おまえ……先日の殺しのことだよ」

「！……殺し？」

「惚けなくてもいい。あの日、あの刻限、おまえがあの辺りをうろついてるのを見た二八蕎麦の親父がいる。慌てていたのだろう、転びながら走っているのを見られてるんだ」

「………」

「おまえは身代わり地蔵の一件で、結構、知られた顔だしな」

いきなり逃げ出そうとする長兵衛の腕を、鮫島はガッと摑んだ。

「何も取って食おうってんじゃない。その時に、おまえが見たまんまのことを話してくれりゃ、いいんだ」

「………」

「それとも、おまえが吹き矢を使って殺したのか？　殺された末吉って大工は、おまえとも面識があるんだろう？　幾ばくか金を借りたままなんだってな。返せないから、殺そうとしたのか」

「馬鹿な！　し、知らねえ！　俺ア何も見ちゃいねえよ！」

「だったら、どうして逃げようとした。えっ、どうなんだ」

鮫島はぐいと腕をねじ上げて、

「喋らないなら、おまえを下手人に仕立て上げたって構わねえんだ」

「いてて……勘弁してくれ……ああ、確かに俺ア……見た。喋りたくなかったのは、あのお武家が恐かったのと、妙に疑われては敵わないからだ」

長兵衛は必死に答えた。

「武家だと？」

「ああ。そうだよ、何人もいた」

「人相風体は」

「頭巾を被ってたから……でも、他の家来衆は顔を晒してたから、あるいは、もう一度見りゃ分かるかも」

と長兵衛は片手を差し出した。

「金次第では、もっと詳しく話してもいい」

小判を出す代わりに、鮫島はさらに腕を締め上げた。

「痛い痛い！」

「てめえこそ、身代わり地蔵の祟りがあったようにして、ぶっ殺すぞ」

「わ、分かりましたよ……いてて……俺は、後を尾けたんですよ。一度は見失ったんだけれど、懸命に探し回ってよ……ひょっとしたら、何かの金蔓《かねづる》になるかと思って」

ごくりと喉を鳴らして、長兵衛は首を振った。

「でも、とんでもねえや。とんでもねえお屋敷に入っていったんで、ぶったまげた。諦めましたよ。金蔓だなんて無理だアな」

「何処の誰兵衛だ。それさえ話せば、おまえの昔の罪を黙ってやっててもいい」

「昔の罪？」

「ああ。おまえが地蔵を落とした訳だよ。それをあえて取り立てぬことにしてやるよ……地蔵が勝手に落ちたなんて話を、まだ続けるつもりなら、こっちもほじくり返すだけだがな」

長兵衛は冗談じゃないと首を振って、

「それどころじゃねえや。こちとら、もっと凄いものを見たんだぜ」

「凄いもの？」

「ああ。南町の同心のことでさ」

伊藤が末吉の遺体を蹴落とした顚末《てんまつ》を語った長兵衛を、鮫島は苦々しく目を細めて見た。

その武家と伊藤がつるんでいるとは思えないが、

――いい加減、始末しねえと……。

腹の虫が治まらない。鮫島はある決心をした。

五

南町奉行所の役所と役宅の間に、桔梗《ききょう》の間と呼ばれる座敷があって、奉行は大抵、ここで来賓と会うことになっている。

既に半刻も待たされている戸田泰全だが、それでも淡々と茶をすすっていた。甘い茶菓子をぜんぶ食べきった頃、ようやく鳥居耀蔵が顔を出した。いつ見ても不機嫌で、仏頂面の戸田泰全でも敵わないくらい、不快な表情だった。

鳥居は人を待たせたことを悪びれることもなく、

「いきなり訪ねて来られても困りますな。町奉行が一刻の余裕もないくらい多忙だということは、そこもとも承知しておるであろう」

「前触れを出しても返事がないのが、鳥居様の通例。ならば押しかけざるを得ますまい。ご寛容のほどを」

「用件は何ですかな」

「実は……船手奉行所の同心が、南町に関わる一大事を聞き込んで参りました」

「一大事、とな」

「例の何件か続いた吹き矢の事件についてでござる」

「吹き矢……」

「お奉行の耳に入ってないとは思えませぬが」

「…………」

「その下手人、とんでもない御仁でございます」

戸田が断言したように言うと、鳥居の顔にほんの一瞬、動揺の色が横切った。

「ところが……その肝心の正体は、うちの同心はきちんと調べることができませなんだ……それを私に教えて貰えぬかと思って、訪ねた次第です」

「…………」

「手柄を横取りするつもりはございませぬ。船手奉行と町奉行、お互いに知るべきところは知っておらぬと、探索に齟齬《そご》が生じましょう」

「はてさて、相変わらず戸田殿は、虫のよいことばかりを申し込んできますな」

と鳥居は苦笑して、

「その件については、こちらもまだ探索中、定町廻りの筆頭同心を呼びつけますから、そやつから聞いて下され」

「そちらこそ、相も変わらずあくどいことをやってますな」

「なに？」

険悪な表情を浮かべる鳥居を、戸田は揺るぎない目で見据え、

「よいですか、鳥居様。おたくの伊藤という同心は、末吉なる者の亡骸を見つけておきなが

ら、調べようとするどころか、足蹴にして水路に落としたとの報を受けました」

「まさか」

「同じ役人として、あるまじき所行。篤《とく》と調べて貰いたい。いつぞやは、〝逃がし屋〟とつるんでいる疑いもありましたけれど、老中からお咎めなしとなってます……どうですかな、自ら清浄するつもりはございませぬか」

凝視する戸田を、鳥居も負けじと睨み返していた。

「何の話か分からぬが、伊藤には私から問い質してみるゆえ、お任せあれ」

「直《ただ》ちにやらねば、またぞろ大物を逃してしまうことになりかねますぞ。伊藤が見過ごした下手人とは、他聞をはばかる身分の方……大名やもしれぬし、いや、それ以上のやんごとなき人かもしれませぬ。そのような御仁を相手に町方や船手で調べ尽くすことができましょうや」

「…………」

「即刻、幕閣に諮《はか》っていただかねばならぬと思っております。下手をすれば、天下を混乱させる一大事になりましょう。鳥居様がご存知であれば、その名を教えていただきたい」

「……知らぬ」

「――鳥居様は、それが誰か承知しているからこそ、同心の伊藤に命じて、揉み消そうとしたのではございませぬか？　死体を水路に捨ててまで」

戸田が鎌を掛けているのを、鳥居は承知していた。ゆえに、あえて感情を変えないまま、平然と断った。

「万が一、私が何か知っていたとしても、そこもとに話さねばならぬ謂《い》われはない」

「ならば、こちらで探し当てて、斬り捨てても、文句はありますまいな。我らは、町方とは違って、海や川では、〝天下御免〟でござれば」

「戸田殿……もし、あくまでも下手人を探して、その御仁を斬るというのであれば止めはせぬ。されど、それが誤ったことであれば、相手になるのは、私ということになるが、それでもよろしいか」

「望むところです」

「よう言うた。その言葉、ゆめゆめ忘れなさるな」

鳥居はそう言い切ると、ゆっくりと立ち上がって部屋から出て行った。

「──やはり、何か知っているようだな、鳥居様は……」

口の中で呟いて、戸田は深い溜息をついた。


南町奉行所から帰って来た戸田を迎えたのは、鮫島であった。

吹きさらしの御用部屋は、塩でざらざらしていた。

「お奉行。風間小五郎という例の侍は、越後三日月藩士だったとのことですが、つい半年程前までは、三十石取りでした」

「うむ……」

「私が気になったのは、三日月藩主が徳川御三家、水戸様の縁者であることです。元は徳川一門として幅を利かせていましたが、生来の荒い気性と短気から、気に入らない家来や奥女中らを平気で殺してました。そのことで、徳川家はもとより、幕府からも厳しい沙汰を受け、今ではわずか一万石の大名。老中や若年寄にもなれませぬ」

「その藩の元藩士ということが、何故、気になるのだ……まさか、鮫島……」

鮫島は戸田の言わんとすることは察したが、それには答えず、

「とにかく今はただの浪人。薙左も見たとおり、腑抜けた侍で、ただただ毎日、無聊《ぶりよう》を決め込んで暮らしている様子」

「…………」

「如何しますか、お奉行」

「すぐにでも、越後へ行け……と言いたいところだが、そのような時はあるまい。三日月藩の藩邸と御用商人あたりから調べて、半年前に越後で一体何があったのか……調べて参れ」

「そうしましょう」

「だが、徳川御一門が関わっているとなれば面倒だ。鳥居様も実は承知している節がある。もし、吹き矢の一件が三日月藩絡みであるならば、尚更、厄介だ。気をつけろよ」

「ヘマはしませんよ」

直ちに向かおうとする鮫島を、戸田は呼び止めた。

「鮫島。おまえ、どうして風間とやらに拘《こだわ》るのだ」

「は？」

「いや、風間ではなく、狙いは綾佳という奥方のほうか」

しばらく立ち尽くしていたが、鮫島は何も言わずに一礼して、立ち去った。

「やはり、何かあるな、サメ……」

戸田は腕組みで唸ると、傍らの煙草盆を引き寄せた。

六

赤坂見附の外濠《そとぼり》寄りに、三日月藩の江戸上屋敷があった。

その表門の潜り戸から、久佐蔵が人目を忍んで入ったのを、薙左は近くの路地から、じっと見ていた。久佐蔵の言動をすべて信じることができなかったことと、綾佳が何故に、久佐蔵に近づいていたか、深い理由があると感じていたからである。

「――ここは三日月藩……綾佳さんの旦那、風間さんが奉公していた藩ではないか」

やはり、関わりがあったと確信した薙左だが、屋敷内に忍び込むことは敵わない。出て来たところを取り押さえるしかないか、と見守ることにした。

屋敷内の奥座敷では――。

久佐蔵を迎えたのは、藤谷《ふじたに》という江戸詰めの重臣だった。異様なほど眉間に皺の寄った強面で、ならず者の久佐蔵ですら、目を逸らしてしまうほどであった。

「どうだ。奴の様子は」

「へえ、それが……もうすっかり腑抜けでして、俺に対して土下座をする始末で」

「ほう、あの風間がおまえに土下座をな」

「それどころか、金までくれました。縁を切ってくれと泣かんばかりの顔でね。あれでも武士ですかねえ。見ているあっしの方が情けなくなるくらいでしたよ」

「まことか」

「へえ。風間の旦那は、何処かへ再仕官をしたいというような意思もありやせんし、ましてや三日月藩に対しても、何の未練もなさそうです」

「ま、元はうちの中間だから、おまえの言うことは正しいのであろう」

「間違いありやせん」

「他に誰か怪しげな連中と会ってる節はなかったか」

「風間の旦那がですか？」

と久佐蔵は首を傾《かし》げると、藤谷は無言のまま頷いた。

「ありやせんね」

きっぱりと断言した久佐蔵だが、ひょっこり思い出したように、

「ああ、そうだ藤谷様……怪しげな奴らといや、船手奉行所の同心が、あっしを訪ねて来て、あれこれ聞いてやした」

「船手番同心が？」

藤谷は鋭い目をさらに細めた。

「ええ。あっしが綾佳をとっちめようとしたところに、たまたま邪魔に入られましてね。なんだか知らねえが、こっちも逆に調べてみやした」

「…………」

「ひとりは早乙女薙左という若造で、もうひとりが鮫島拓兵衛という、ちょいと癖のある奴でした」

「――鮫島……拓兵衛……」

ぎらりと光った藤谷の目つきに、久佐蔵は首をひねり、

「藤谷様……ご存知なので？」

「久佐蔵。おまえは、とんだ奴に目をつけられたな」

「は？　船手が此度のことに何か関わりがあるんですか」

「そうではないが、少々、面倒な奴だ」

「言っている意味がよく分かりやせんが……」

「おまえが分からなくともよい」

ぞくっとするような目を向けた藤谷に、久佐蔵は思わず後ずさりをした。

「何を怯えておる」

「いえ、あっしは別に……余計なことは何ひとつ喋っておりやせんし」

「そうか。ならば、約束通り、たんまり礼をやろう。綾佳を落とした礼をな」

そう言って襖を開けると、その奥から錦繡《きんしゅう》のような羽織を着た殿様が入ってきた。おっとりとしており、見るからに神々《こうごう》しい雰囲気である。

「我が藩の殿、松平伊賀守《まつだいらいがのかみ》様であらせられる」

「え！　ああ！」

訳の分からない声を震わせながら、久佐蔵は驚愕のあまりひれ伏すのも忘れてしまった。

無礼者と藤谷に言われて、ハハアと額を畳に擦りつけた久佐蔵に、

「そう堅くなるな。色々とご苦労であったな」

と伊賀守が言った。

「畏《おそ》れ多いお言葉でございます」

「まこと、そう思うか」

「は、はい！」

「ならば、死ね」

「は……？」

キョトンと目を上げると、久佐蔵の前には、藤谷の持つ刀の抜き身が差し出されていた。

仰天して腰が抜けそうになった久佐蔵だが、ならず者の地金が出て、

「なんでえ、どういうことでえ、これは！」

「色々と知りすぎたようだからな」

藤谷が冷ややかな声で言うと、久佐蔵は転がるように中庭に出て、駆け出した。藤谷が追いかけようとすると、

「待て……」

伊賀守はおもむろに吹き矢の筒を構えて、逃げる久佐蔵に狙いをさだめて、

——プッ。

と力強く吹いた。

吹き矢の勢いが増して、一直線に久佐蔵の首根っこに向かって飛んだ。

グサリと突き立った次の瞬間、久佐蔵は独楽《こま》のようにぐるりと廻ってから、灌木《かんぼく》の間にぶっ倒れた。そして、わずかに痙攣をすると、悲鳴を上げることもなく、絶命した。

冷然と見下ろしていた伊賀守は、

「ふむ。これで船遊びが尚更、楽しみになったのう」

「さようでございますな」

人を虫けらのように殺したのを当然だというような目で、藤谷も頷いた。

そんなことがあるとは知らず、鮫島は三日月藩に出入りしている御用商人から、話を聞いていた。『若松屋』という呉服問屋は、同じ越後の出というのが縁で、三日月藩と関わりを持ったが、

——できるならば、もう関わりたくない。

というのが本音だと、主人の徳兵衛《とくべえ》は正直に話した。

「ほう。それはまた異な事を言うな」

「鮫島の旦那。私は戸田様には色々と世話になりましたから、お話しするんですよ……決して、松平伊賀守様の耳には入れないように」

「当たり前だ。こっちも御用の筋だ。人から聞いたことを、一々、喋っていては、誰もきちんと話してはくれまいよ」

「ええ。そりゃもう酷い藩主様でね、私ら江戸の者はまだましで、国元の百姓なんぞはもう怨みだらけじゃありませんかね。精魂込めて作った米はほとんど吸い上げて、百姓が食えるのは、粟《あわ》や稗《ひえ》ばかりだとか」

「とんでもねえ殿様だな。いや、そんなのは殿様じゃあるまい」

「城下の商人の中には、冥加金が高すぎて、締め上げられるから、藩を出て行く者も多いんですよ。それだけじゃない。伊賀守はかなりの色好みですからな、美しい女と見るや、人妻であろうが、家臣の娘であろうが手込めにする。気に入らない者は斬り捨てて……もうやりたい放題です」

「そういう藩主だということは、小耳には挟んでいたが……」

「いくら徳川家の御一門とはいえ、やり過ぎだと思います。ですが、やはり下手なことはできませんから、家臣たちもその不行跡につき何も言えないのです」

「だが、このままでは、将軍家そのものの傷になると思うがな」

「そのとおりでございます。家臣たちも心の中では、何とかしたいのでしょう。ですが、やはりお手討ちが恐い」

とんでもない行為をする藩主に対しては、家臣たちが強引に〝押込《おしごめ》〟という方法で、軟禁状態にすることもある。だが、三日月藩にはそれほどの豪の者がいないのか、逆に家臣たちが藩主を煽《あお》っているのか、外からは垣間見えない。

「家臣にできることといえば……脱藩くらいでしょうね」

徳兵衛が力なく言うと、鮫島はその言葉に引っかかった。

「――脱藩……」

「ええ。もう二十人ではきかないでしょうね、藩を辞めて、住み慣れた国元を出た人たちは……江戸のお屋敷にいるのは、それこそ藩主の飼い犬のような者たちばかりでしょう」

「本当の忠臣というのは、あえて藩主に苦言を呈するものだ」

「それができないから、心ある家臣は言うことだけ言って、国元を離れたそうです」

「もしや……馬廻り役だった風間小五郎という者も藩主に何か諫めごとを言って……」

「はい、よくご存知で。何年も連れ添った奥方と一緒に江戸に出てきました。実はその当初、うちでも面倒を見ていたのですが」

「そうか、風間がな……」
鮫島は遠い目になって、深く長い溜息をついた。

七

久佐蔵の死体が、閻魔堀に浮かんだのは、その翌日のことだった。久佐蔵の帯が絡んでいて動かな不思議なことに、身代わり地蔵が一緒に引き上げられた。久佐蔵の帯が絡んでいて動かないので、底を浚《さら》ったら、地蔵が現れたのだった。

——これで、地蔵の祟りはなくなるか。

と誰もが思った。

だが、久佐蔵の遺体には、やはり首に吹き矢が刺さったような痕跡《こんせき》があり、毒が体中を廻ったのであろう、妙な斑点ができていた。当然、船手で検死をしようとしたが、今度は南町から横槍を入れられた。一連の〝身代わり地蔵〟の怨念《おんねん》に乗じたような殺しに決着をつけるつもりだというのだ。

だが、戸田は断固、突っぱねた。薙左が張っていた男が、秘密裏に殺されのだ。しかも、鮫島が聞き込んでいた三日月藩の者の手によるとなると、放り出すわけにはいかぬ。

「久佐蔵は、足繁く三日月藩の藩邸に通っていた節があります」

と薙左は言った。

「私も一晩中、江戸藩邸を張っていたのですが、まさか、このような目に遭っているとは……不覚でした」

「おまえのせいではない」

戸田は久佐蔵の死体に残っている吹き矢の痕を見ながら、

「間違いあるまい……その確たる証があるわけではないが、この前の末吉といい、こやつといい、吹き矢の犠牲になったことは間違いない」

「はい……」

「しかも、松平伊賀守は剣術もさることながら、弓矢や鉄砲などに異様なほど執着しており、その昔は、刀の斬れ味を確かめるために、奥女中を生きたまま斬ったという噂もある御仁だ」

「そんな……!?」

驚く薙左を横目に、加治が身を乗り出し、戸田に申し出た。

「かくなる上は、お奉行……ここは、ご老中直々にお出まし願い、船手の事件として〝天下御免〟の裁きをするしかないのではありませぬか？」

「天下御免……な」

「はい」

「その意味、おまえはよくよく承知して申しておるのか」

「そのつもりです。恐らく、この吹き矢は……」

加治は力強く戸田を見つめたまま、

「恐らく、何処かで上様のお命を狙うつもりではありますまいか」

「なんと」

「これは私の考えに過ぎませぬが、伊賀守は異様なほど物事に執着する癖《へき》があります。以前にも一度、上野寛永寺に出向いた上様が何者かに襲われる事件がありました。結局、賊が誰か分かりませんでしたが、あの折も、伊賀守の名が取り沙汰されました」

「であったな」

「ですから、万が一ということも考えられましょう」

「海開きはもう終えてますが、十日の後には、上様上覧の幕府御用船の進水式があります。それには、伊賀守が、向井将監様の御船に同乗することになっておりますれば……」

「もしや……離れた所から、上様を吹き矢で狙うとでも？」

「考えられぬことではありませぬ」

「ですが……」

　と声を挟んだのは薙左だった。

「海の上は大抵、風が強く、船も揺れております。しかも、家来衆や船手の者も大勢おりますれば、吹き矢で狙うのは至難の業かと思われます」

「では、何が狙いだと思うのだ」

　加治が問い返すと、薙左は曖昧ではあるがと前提を置いて、

「鮫島さんの話を聞いてみると、三日月藩からは、次々と藩士が脱藩しているとか……もしかしたら、伊賀守はその者たちを秘かに殺してしまいたい。しかも自分の手で始末したい。そういう理解できない執念で、事を起こしているのではないか……そういう気がしてしょうがないのです」

　戸田も加治も黙って聞いていたが、

「――さもありなん」

　と呟いたのは、片隅でじっと腕組みで考え事をしていた鮫島だった。何かを思い立ったようにスッと立ち上がると、鮫島は挨拶もせずに、詰め部屋から出て行った。

「おい、サメ、何処へ行く」

　戸田が声をかけても、素知らぬ顔で急ぎ足で遠のいた。

「まったく、あいつも一向に変わらぬな」

そう呟いた加治も、呆れ顔で見送るしかなかった。


その夜――。

屋敷から出てきた風間を、綾佳が悲痛な声を上げながら追いかけてきた。

「お待ち下さい、あなた」

「…………」

「かような刻限に、何処に行くというのです。食事にもろくに手をつけないで、一体、何処へ……」

何も答えず、風間は綾佳を押しやると、

「帰りは明日……いや、明後日の朝になるであろう」

「ですから、何処へ……」

「おまえの案ずることではない」

少しきつい声で言い捨て、歩き始めたが、思い直したように立ち止まり、

「いや……すまぬ。俺は三日月藩で生まれ、三日月藩で育った……おまえも一緒に帰ろうではないか」

「え？」

「俺の望みはそれだけだ」

「…………」

「おまえが……おまえがやっていたことについては何も言わぬ。だから、俺のすることにも黙っていてくれ……いずれ分かる」

それだけ背中で言って、早足で闇の中へ消えていった。

「あなた……」

追いかけようとしたが、それも無駄だと思ったのであろう。茫然と立ち尽くしていると、また闇の中に人影が浮かんだ。

夫かもしれない。そう感じて、一歩か二歩、進み出たが、アッと立ち止まった。

時が止まったように、綾佳は凝然と目の前に現れた人を見つめた。

「さ、鮫島さん……」

ぼんやりと夜霧が漂う闇から抜け出て来たのは、鮫島だった。険しい顔だが、どことなく懐かしみが溢れている。

「何年ぶりかな。いや……この前、閻魔堀で会ったばかりだが」

「…………」

「綾佳……おまえが風間に嫁いでから、もう……」

「五年です」

「そうか。幸せ……ではなさそうだな」

「そんなことはありません」

綾佳の表情に少しばかり怒りのようなものが込み上げてきた。そして、ズイと鮫島の前に来ると、

「あなたは風間の何を探っているのですか。どうして私たちが江戸に来ていることを知っているのですか」

「俺は相変わらずの船手だ……探っている事件が、越後三日月藩に繋がってな」

「！……」

「それだけではない。あの時、おまえを追っていた遊び人の久佐蔵……こいつも殺された。おそらく三日月藩の者にな」

みるみるうちに綾佳の表情に不安が広がった。

「俺は……余計なことかもしれぬが、おまえと風間の間に何かがあって、夫婦らしからぬ暮らしをしているのなら、助けになりたいと思ってる」

「…………」

「風間は、脱藩までして何かをしようとしている。そうではないのか？」

「え？」

「おまえは利口な女だ。亭主が秘かにやろうとしていることくらい、本当は察しているのではないか？　だが、あえて何も言わない。止めようともしない」

「……」

「心の中では、ふたりだけで政《まつりごと》とは関わりのない所へ行って暮らしたい。そう思っているんじゃないのか」

一方的に話す鮫島をじっと見つめていた綾佳は、意を決したように、

「帰って下さい」

と言った。物言いは静かだが、覚悟をしている声だった。

「赤の他人のあなたには関わりのないことです。お帰り下さい」

綾佳は屋敷の玄関に戻ると、戸を閉めた。

「綾佳……」

その堅く閉ざされた扉を、しばらく見つめていたが、鮫島はゆっくりと踵《きびす》を返した。

屋敷から、一町程離れている所に、隅田川に通じる掘割の船着場があった。

仲間を待っているのであろうか。ぼんやりと立っている風間の姿を見つけた鮫島は、夏風に揺れる葦原《あしはら》をわざと居合で断ち切った。

驚いて振り返った風間は、月明かりに浮かぶ鮫島を見るなり、

「……誰だ」

「船手奉行筆頭同心、鮫島拓兵衛」

「鮫島……？」

風間は驚いた表情になったが、あえてそれを隠すように端正な顔のままで、

「私に何か用ですかな」

「三日月藩で起こったことを話して貰いたい」

「！……」

別人のような殺気が全身に滲《にじ》み出た。

「──風間殿……あんたは腑抜けの腰抜け侍を装っているようだが、もしかすると、とんでもないことを企んでいるのではないか？」

と鮫島が言うが早いか、風間の刀が鞘走っていた。

ブンと唸る剣風がして、切っ先が鮫島の顔の一寸手前を横切った。わずかに避けたが、次の瞬間、さらに稲妻のような目にも留まらぬ速さで、鮫島の面前に落ちてきた。

見切って避けた鮫島は、それでも刀を抜かずに、相手を睨みつけた。その不動の構えに、風間の方も間合いを取りながら、

「貴様……何用だ……」

「既に名乗ったはずだが？」

「そんなことは承知している。綾佳の昔の男が……何用だと訊いている」

鮫島は意外な目になって、

「知っていたのか？」

「ふん。知っていたの段ではない。綾佳は俺のもとに嫁に来てから、毎日のように泣いて暮らしていた。おまえに袖にされ、仕方なく仲人の世話で、俺のところに来たとな」

「まさか」

「何が、まさかだ！」

風間は踏み込んで、鮫島に斬りかかった。懸命に避けながら、それでも刀を抜かない鮫島に苛立った風間は、一歩引いて構えた。

「今頃、何の用だ。綾佳は、おまえとも寝ていたのか」

「…………」

「まあ、それもよかろう。どうせ汚れた女だ……だが、今、そんな下らぬことで騒ぎになっ

ては困る……実に困る」

「違うな」

刀を抜かないまま、鮫島は言った。

「綾佳は、あんたの手助けをしたい一心で、好きでもない男に抱かれて、敵の内情を摑もうとしたのだ。おまえも薄々、感じていたのではないか？」

「………」

「だからこそ、あんたも心を痛めている。だが、女房を巻き込みたくないから……」

「ええい、黙れ黙れ！」

今度は感情が乱れたのか、めちゃくちゃな剣法で刀を振り回した。その刀を、今度はガキンと弾き返して、

「図星か……松平伊賀守の悪行については、幕閣の者たちなら、誰もが承知している。伊賀守の所行は万死に値する。だがな、だからといって脱藩した者が藩主を狙えば、どうなると思う」

「！……」

「どんなに極悪非道の藩主であろうと、徳川御一門だ。殺した者とその血縁は、みな厳しい罰を受ける。綾佳も死罪になろう」

「…………」

「ここは熱い心を冷やして、俺たちに任せてみぬか」

「船手如きに何が分かる。いや、我ら以外に、我らの苦しみが分かろうはずもない。赤の他人に分かろうはずがあるまい！」

綾佳と同じ言葉を吐いた。鮫島はたしかに余計なことをしているのかもしれぬ。だが、放っておくことはできなかった。

「俺はおまえたちの味方だ。俺も武士として、伊賀守は許せぬ。だから……」

「それが余計だと言うのだ。我らのことに、首を突っ込むのはやめて貰おう。ましてや、綾佳の昔の男なんぞ、虫酸が走る」

スッと身を引くと、風間は船着場のさらに奥の方へ駆けて行った。

すると、葦原から音もなく小舟が漕ぎ出て来て、船頭が風間を手招きした。そのまま走って飛び乗った風間は、ほんの一瞬、鮫島を振り返ったが、背中を向けて闇に消えた。

「ばかめが……俺たちは船手だぜ。そんなことで逃げられると思ってるのか」

吐き捨てるように言いながら、刀を鞘に戻した鮫島は、跳ねるように近くから出て来た、世之助の漕ぐ猪牙舟に手を振った。

八

川風が冷たくなってきた。

雲が走り、月を隠したので、河畔は一層、寒さが増していた。土手から少し上がった所に、小さな神社の社殿があって、うっすらと蠟燭の灯りが洩れていた。

その中には、十人余りの浪人姿の男たちが、顔をつきあわせるように座っていた。

上座には、風間が目をぎらつかせて座っている。

「茶会に出かける？　殿がか」

浪人のひとりが頷いて、

「確かな話だ。藩邸に出入りしている茶の師匠から聞いた話だ」

「しかし、殿らしくない。伊賀守は花鳥風月なんぞ、何も解しない俗物だ。人殺しの道具にしか興味がない奴だからな。何か罠でもあるのではないか？　向こうも俺たちのことを警戒している節がある」

「そうなのか？」

「うむ。久佐蔵という遊び人が殺された。そいつも、俺たちのことを調べていた節があるが、きっと伊賀守に消されたのだ」

風間の言葉に、一同は驚いたように振り返った。だが、風間は自分の女房と関わりがあったことなど、詳細は話さなかった。

「――風間殿。ならば、どうする。我々は、殿に一矢《いっし》報いたくて、こうして浪々の身ながら、その機を窺っていたのだ」

「そうだ！　千載一遇の機会を逃しては、いつ果たせるか分かったものではない！」

一同の熱い視線の中で、風間は沈思黙考していたが、決然と頷いた。

「相分かった。だが、これだけは言っておく。妻子や惚れた女などに心を残す者は、今すぐここから出て行け。だからと言って、引き止めはせぬし、臆病者扱いもせせぬ」

だが、誰も立ち去らない。いずれも熱気に溢れた目で風間を崇《あが》めるように見ている。微動だにしない浪人たちの姿を見て、風間も改めて言った。

「かねてより話しているとおり、殿……いや憎き松平伊賀守を討ち果たした暁には、打ち揃って腹を切る。そして、これまでの伊賀守の悪行をしたためた趣意状を、老中首座の水野忠邦様に届けるよう手配りしておく。かくまでの覚悟を知れば、御公儀もお認め下さり、三日月藩に新たな藩主をお送り下さるであろう」

風間の言葉に頷いた浪人たちは、声にこそ出さないが、まるで勝ち鬨《どき》のように刀の鯉口《こいぐち》を切って、パチンと音を鳴らした。

その時である。

「そうは問屋が卸さぬぞ」

声があって、バンと扉を開けて乗りこんで来たのは、南町の伊藤であった。

「!?……」

素早く立ち上がった風間たちは、一斉に身構えたが、伊藤の背後には無数の御用提灯が並んでいた。

「南町奉行の者である。貴様ら浪人が、畏れ多くも徳川御一門の松平伊賀守様を暗殺しようと画策していること、たった今、うぬらの口より露顕した。篤と調べるゆえ、大人しく縛《ばく》につけい」

ザザッと大勢の捕方《とりかた》が社殿の表を取り囲み、他にも数人の定町廻り同心が捕物出役の姿で身構えている。

ここで騒ぎを起こせばすべて水の泡になる。だが、言い訳をしたところで、上意討ちを認めることはしないであろう。とはいえ、黙って捕縛されるつもりもない。

風間はゆっくりと伊藤に近づきながら、

「武士の情け……我らは、訳あって非道極まりない殿を討たねばなりませぬ。これは私心ではありませぬ。すべては領民のため、ひいては御公儀のためでございます」

　と言った。

　間合いを詰めて、斬る覚悟である。

　伊藤の方もそう察したのか、少しばかり腰が引けて、

「近づくなッ。刀を置いて、素直に従えば、命までは取らぬ。さあ、言うとおりにせよ。でなければ……」

「でなければ？」

「斬り捨て御免……鳥居様よりのご命令じゃ。そして、鳥居様の命令とは、水野様のご命令である。おまえたちが上申しようとも、その声は届かぬぞ」

「ならば……あえて逆らうのみ」

　おもむろに風間が刀を抜き払うと、他の浪人たちもそれに従って抜刀した。いずれも腕に覚えのある剣豪である。町方の捕方らでは相手になるまい。

　伊藤に向かって、風間が駆け出そうとした寸前、

「待てッ」

　と鋭い声が闇の中で起こった。

　そこにいたのは、鮫島であった。後ろには世之助もおり、既に抜刀している。

「風間殿……」

鮫島が声をかけた。

「こんなところで役人を斬ってしまえば、おぬしたちの本懐は遂げられぬのではないか？」

何を言い出すのだ、という顔になった伊藤は声を荒げて、

「船手番のくせに……邪魔をすれば、どうなるか分かってるだろうな」

「黙れ。おまえたちは、ただただ伊賀守の悪行に目をつむっている臆病者に過ぎぬ。さっさと奉行所へ帰って、鳥居に伝えるがよい。余計な手出しはするな、とな」

「おのれ、鮫島……」

伊藤は激しい感情を露《あら》わにして、必死の形相で抜刀した。切っ先を向けて、

「貴様のことは、前々から気に入らなかったのだ。そこの謀反人を庇い立てするなら、貴様も謀反の意ありとして、俺が成敗する」

「できるかな、それが……」

鮫島もおもむろに刀を抜き払うと、青眼《せいがん》の構えで伊藤に向き合った。

――こういう日がいつかはくる。

お互いにそう思っていたせいか、他の者たちのことは目に入っていない。鮫島と伊藤は微妙な間を取りながら、出方を探り合っていた。

　いや、鮫島の方が格段の腕である。事実、伊藤の掌には異様に汗が溢れてきて、一振りで刀はすっぽ抜けてしまうかもしれぬ。

「かようなことをして、後でどうなっても知らぬぞ、鮫島……」

「四の五の言わずにかかってこい」

「………」

「どうした。いつも、てめえの身だけは傷つかぬ所に置いてあって、決して命を賭けぬ……それに比べて、脱藩してまで藩主の悪行を訴え出ようとする武士《もののふ》の気持ちが、おまえには分からぬのか……分かるわけがないな。ただの金魚の糞《ふん》だ。いや、糞でも肥やしになるだけマシか」

「おのれ……」

　カッとなった伊藤だが、それでも踏み込んでくることはなかった。まともに刃向かえば、自分が斬られることは百も承知だったからである。

「もはや、身代わり地蔵の祟りのせいにはできぬぞ」

「なんだと？」

「伊賀守は吹き矢で人殺しを続けていた。そのことを承知の上で、鳥居様は庇おうとしているのであろうな」

「…………」

「国元で伊賀守がしてきたことは、その何倍も残酷なことだったのだ。この者たちの怨みは計り知れぬぞ……死ぬ覚悟なんぞ、とうにできている」

じんわりと額にも汗が流れてきた伊藤は、

「ひ……引けい……！」

と裏返った声を捕方たちにかけた。一番後ろに控えていた弥七は、真っ先に逃げ出した。すると、捕方たちも、斬られては元も子もないと思ったのか、一斉に背中を向けて逃げ出した。

鮫島が振り返ると、風間をはじめ浪人たちは物凄い形相で立っていた。伊藤はそのあまりの強烈さに恐れおののいたのである。

厳しい川風は止みそうにない。

九

同じ川風を、綾佳は受けていた。

着物も潰し島田の髪も乱れ、目も虚ろであった。一葉の文を手にしていたが、もう一度、確かめるように見てから、びりびりと破り、風に向かって投げた。

　ひらひらと雪のように舞った先に、薙左が立っていた。

　綾佳はその姿に気づいたが、まるで見なかったように顔を背け、そのまま着物の裾を濡らし、川の中に踏み込んでいった。

「馬鹿な真似はやめて下さい、綾佳さん」

　思わず駆け寄った薙左は、綾佳をひしと抱き留めた。

「放して下さい！」

　綾佳は声の限りに叫んだ。

「私はもう生きていても仕方がないのです。そんな女なのです」

　藻掻《もが》いて逃げようとする綾佳を、それでも薙左は懸命に放さないで、

「鮫島さんに言われて、あなたを見張ってました」

「──鮫島さんに？」

「ええ、サメさんは、あの時、閻魔堀であなたを見かけたときから、ずっと気にかけていたのです。あなた方に昔、何があったかは知りません。ですが、今のあなたを助けたい……救いたい。サメさんはその一心でした」

「…………」

　イヤイヤをするように首を振る綾佳を、薙左は水際から引き上げて、

「今、あなたが破り捨てたものは、風間さんからの絶縁状……三下り半でしょ？　そんなもの信じちゃだめです」

「え……？」

「風間さんはあなたが憎いわけじゃない。嫌いなわけでもない。きっと、あなたのことを一番、大切に思っているから、そうしたんだと思います」

「嘘……」

「風間さんは、他の脱藩藩士の方々と、伊賀守を亡き者にしようと思っています」

「！……」

　綾佳は衝撃で立ち尽くしていた。

「——教えてくれませんか？　どうして、三日月藩を去ってまで、殿様の命を狙わねばならないのか」

「…………」

「そりゃ、酷い人だとは承知してます。そのことを、何度か幕府に訴え出たものの、相手にされなかったことも知ってます。けれど、だからといって、徒党を組んで殺しては、罪人になってしまう」

「あなたも……真剣に生きているんですね」

「はあ？」

じっと薙左のことを見つめていた綾佳は、どこか自分の夫に重なる真面目さをみつけたのかもしれない。暗い川面をしばらく見つめていたが、小さく頷いて、

「夫は……風間はある時、お殿様に意見を具申したのです。領民に対する酷い仕打ちや、試し斬りと称して辻斬りまがいのことをしていたことに対してです」

「はい……」

「お殿様は、風間の言うとおりだ、少々、やり過ぎていた……そう反省して、私とともに、御城まで呼ばれました。そして、夫は表に残され、私は、なかなか入れない奥向きにまで通してくれました」

「…………」

「それが罠だったのです」

寝所に連れて行かれた綾佳は、殿様に組み伏せられ、

「風間に夜毎、可愛がられている肌を、余も賞味してみよう」

そう下卑た声で迫られた。抗った綾佳だが、周りには別式女《べっしきめ》が固めており、何人もの奥女中の前で、陵辱された。ギラギラ光る目で、伊賀守は蛸《たこ》のように綾佳に吸いついて、一晩中、

離れることはなかった。

そのことを自慢げに、家臣の前で話して、風間は大恥をかかされた。

「それでも、風間は何事もなかったように、いつものように暮らしてくれました。ですが、もう藩にいても仕方がないと、脱藩しました」

「それで、風間さんは、あなたに辛く当たるようになったのですか？」

綾佳は違うと首を振った。

「逆です。以前にも増して、優しくなりました。いっそう強く責められた方が、どんなに気持ちが楽になったか……」

じんわりと涙目になった綾佳は、悲しみを飲み込むかのように唇を噛んで、

「たとえ……たとえ手籠《てご》めとはいえ、他の男に辱《はずかし》めを受けたのですから、生きていてはならなかったのです」

「…………」

「ですから私は、少しでも、夫の仇討《あだう》ちの手助けになるように、伊賀守の動きを探るために、久佐蔵たち、三日月藩の中間たちに近づいて、様子を探りました……藩士ならば、私の顔が知られているからです」

「では、あなたは風間さんが、行おうとしていたことを、知っていたのですね」

「はい……」

「だったら尚更、してはならないことだったかもしれませんね。風間さんは、あなたを巻き込みたくないために、その離縁状を残して、〝仇討ち〟に向かったのだと思います」

「仇討ち？」

「そうです。たしかに領民のためもありましょう。ですが、風間さんは、同じように辱めを受けた同士を募って、藩主伊賀守を討とうとしたんだと思います。あなたのためなのです」

「私のため……」

夫の本音を知った綾佳は、自分の愚かさを改めて悔いた。薙左は余計なことを話したと思ったが、ふたりが元通りになることを、鮫島も望んでいると言った。

「鮫島さんが……？」

「はい。一度でも、自分が惚れた女が不幸になる姿は見たくないでしょう」

そう穏やかに薙左が言ったときである。

闇夜をつんざく音がした。

――バババババン！

鉄砲で一斉射撃をしたような激しいものだった。

驚愕してハッと見やった薙左は、嫌な予感がした。音は鮫島たちがいる神社の方から聞こえたからである。

焦ったように薙左が駆け出すと、綾佳も追いかけた。

どのくらい走ったか……。

その間も、何十発かの音がして、さらに刃を交える音がしたが、やがて静寂に戻った。その静寂が得体の知れぬ不安を駆り立てた。

駆けてきた薙左と綾佳は啞然となった。

「——そ、そんな……」

薙左たちの目の前には、十人余りの浪人の死体が、ずらりと並んでいる。みな、三日月藩を脱藩した者たちばかりで、つい先刻まで、風間と一緒になって気炎を吐いていた者たちである。

綾佳は泣き出しそうな顔で、浪人たちの姿の中に夫を探そうとした。

すると、社殿近くの石段に倒れかかって、血飛沫《ちしぶき》を吹いている風間の姿があった。

「ああ！　あなた！」

駆け寄って、綾佳が体ごと抱きつくと、風間にはまだ息が残っていた。

「あなた、しっかりして、私です。綾佳です、あなたア！」

「……あ、綾佳……」

「しっかりして下さい」

「許してくれ……私はおまえを……守ってやれなかった……」

「いいえ。ちゃんと守ってくれていました。ああ、嫌です……あなた！　私を置いていかないで下さい！」

「……俺が甘かった……伊賀守は、またおまえを狙うかもしれぬ……逃げてくれ……さ、鮫島と逃げて……くれ……」

風間が必死に手を伸ばすのを、綾佳はしっかり握り締めた。

怒りが沸々と湧いてくるのを感じながら、薙左は鮫島の姿を探した。

すると、やはり本殿の傍らで、鮫島が気を失って倒れていた。体には、数発の弾《たま》を受けているようであった。

「さ……サメさん！」

気を失っているが、まだ息はしている。

必死に声をかけたが返事がない。

そんなふたりの様子を、まるで高みの見物でもするかのように、参道から見ていた人影があった。薙左は振り返って、

「――松平伊賀守様……ですね」

頭巾をした侍は、むふふと声を洩らしてから、

「だったら、どうする、若造……」

薙左はゆっくりと伊賀守に近づいた。藤谷たち家臣が、庇うように立ちはだかった。さらに、鉄砲隊がズラリと並んでいるのが見えた。

「まこと、伊賀守様ですか」

「さよう」

伊賀守は頭巾を取って、顔を露わにした。薙左も何度か見たことがある。確信を得ると、さらに近づいて、

「私は、船手番同心・早乙女薙左という者です」

「だから、何だ」

吹き矢を持っている伊賀守は、筒を薙左に向けて、狙いを定める仕草をした。

「海や川では、狼藉《ろうぜき》を働く者に対しては、〝天下御免〟なのです」

「なんだと？」

不敵な笑みを向けた伊賀守に向かって、ひらりと跳んだ次の瞬間、薙左の刀が鞘から伸びるように抜かれた。

同時に、ストンと伊賀守の脳天に落ちた。

──じわり……。

音もなく、額から眉間に血が流れて、伊賀守はそのまま仰向けに倒れた。

家臣たちは一瞬、何が起こったか分からなかったようで呆然としていたが、

「う、うわあッ」

と藤谷が叫びながら、薙左に斬りかかってきたので、薙左は一太刀で返り討ちにした。肋《ろっ》骨《こつ》が折れたのか、ザクッと鈍い音がした。

「ば、ばかな……！」

藤谷は前のめりに倒れて、絶命した。

驚いた家来や鉄砲隊たちは、薙左の閻魔のような形相に恐れをなしたのか、悲鳴を上げながら逃げ出した。

伊賀守と側近の藤谷が一撃で倒されて、戦意を失ったのであろう。いや、元々、戦意などない。理不尽な殿の命令を聞いていただけで、正気に戻ったのだ。

「斬った……初めて、人を斬った……」

刀を握り締めている拳《こぶし》が堅くなって、薙左は指を解き放つことができなかった。

振り返ると、綾佳が風間の亡骸に取りすがって泣いている。

「斬ってしまった……」

立ち尽くしたまま薙左は、いつまでも武者震いが止まらなかった。血の洗礼でも受けたような薙左は、周りの凄惨《せいさん》な状況を受け入れるのに、時がかかった。

——俺の中にも……鬼夜叉がいた……。

綾佳の噎《むせ》び声だけが、かろうじて人の息吹に感じていた。

第四話　潜《もぐ》り橋

一

——夏河を越すうれしさよ手に草履《ぞうり》。

与謝蕪村に、このような句があるが、隅田川は歩いて渡れることはない。もし、歩いて渡れるほど水位がなくなれば、江戸は渇水となって、町人の暮らしに大きな影響があるに違いない。

今年も五月雨《さみだれ》は多かったし、晴れが続いたかと思えば、程よく雨の日がある。水不足の心配はなさそうだ。

隅田川の土手を歩きながら、鮫島拓兵衛はのんびりと鼻歌を歌っていた。着物の上からでも、体中に晒しで包帯を巻いていることがよく分かる。

半月程前、三日月藩の藩主に鉄砲で〝乱射〟され、自らも四発の弾を受けたが、幸い急所は外れ、命を取り留めた。

だが、藩主に仇討ちをしようとした元藩士たちは、ひとり残らず死ぬという凄惨な事件だったために、幕府は江戸府内の〝危険分子〟を総浚いし、三日月藩はお取り潰し。松平伊賀守とその重臣たちにも厳しい沙汰があったが、徳川家や御三家には当然、何のお咎めもなかった。

たしかに、松平伊賀守は人を虫けら同然の扱いをしていたが、もしかしたら、この騒動を引き起こしたのは幕府自体かもしれぬ。その先鋒が南町奉行の鳥居耀蔵だったのではないか。だから、この事件の後、すぐに謀反の匂いのある者たちを強引に捕縛したのではないか、という疑念が、船手奉行の面々の脳裏には滞っていた。

後世に言われる「蛮社の獄」の片鱗《へんりん》が現れている世の中を、鮫島もまた憂えていた。

「いいんですかねえ、サメさん。昼間から、こんな暢気《のんき》に……」

さくらが付き添っている。小料理屋『あほうどり』の小女であるが、以前は療養所で働いていたこともあるので、鮫島の怪我を治す手伝いをしていた。

「すっかり夏なのに、これでは川で泳ぐこともできねえ。ましてや、海難が多くなる時節だ。俺がいねえと、さらに事故が増えるに違《ちげ》えねえ」

「あら、よっぽど自分に自信があるんですねえ」

「当たり前だ。そうでなきゃ、毎日、命を賭けてる船手番は勤まるまいよ」

堤から眺める隅田川の川面には、こんもりとした青葉の群れや、大空に飛んでいる雲が映っていた。爽やかな風が鼻腔に染みこんでくる。

——はあ、生きててよかった。

と思える瞬間であった。

「私も……サメさんが生きててよかった」

さくらがぎゅっと鮫島の腕を摑んだ。

「え？」

「だってさ、サメさんがあのまま死んじゃったら、私も生きてられない……」

少しグスンとなる横顔を見て、鮫島は何と言ってよいか分からなかった。鮫島から見れば、子供のような小娘である。

「おいおい。大人をからかうのはよせ。おまえには、ゴマメの方が似合いだぜ」

「薙左さんはもちろんいい人だと思うけれど、私には物足りない」

「はあ？　奴はああ見えて、イザとなりゃ誠の武士だ。あの伊賀守を一刀両断にぶった斬ったんだぜ。なかなかできめえ」

「斬ればいいってもんじゃないでしょ？」

「それを言うな。あいつは、そのことで今一番、悩んでいるのだからな」

「あの人らしくないね。誰にでも善の芽がある。だから、話せば分かるって、いつも言っているのにね」

「だったら、おまえも慰めてやれ」

「でも、私はサメさんのことが……」

「よせよせ。おまえはまだ、悪い男の方に惹《ひ》かれる年頃なんだろうよ」

鮫島が笑顔でそう言ったとき、近くの河畔に打ち上げられている小舟に目が留まった。中には筵《むしろ》が広がっているが、人の足のようなものが見える。

――おや？

寝ているようにも見えぬ。嫌な予感がして、小舟に近づこうとすると、さくらは鮫島の袖を引っ張って、

「近頃、よくああして人足たちが寝ているのよ。あまり関わらない方がいいよ」

「関わるなって……妙な輩がいたら、それを誰何《すいか》するのが俺たちの仕事だ」

鮫島が小舟の前まで土手を降りて行き、声をかけたが、返事はなかった。怖がるさくらを横目に、筵をめくると、

「やはりな……」

白眼を剝《む》いた商家の主人風の男が、仰向けに寝かされていた。

胸をグサリと匕首のようなもので刺されていた。

「殺しか……」

筵を被せて小舟に乗せ、海の沖へ流れてくれれば、死体が上がることもないと下手人は踏

んだのであろう。だが、天網恢々疎《てんもうかいかいそ》にして洩らさず。悪行は必ず露顕するものだ。

鮫島は遺体を片づけるために、さくらを番小屋まで走らせた。少し上流に、『浮き世橋』の橋番があるからだ。

「あいよ！」

まるで恋女房のように駆け出したさくらだったが、土手を登り切ったところで、ハタと止まった。

「?……」

鮫島の所からはよく見えないが、誰かと出合い頭にぶつかったようだった。

ちらりと見えるのは、縞模様の着物の下に、流行りなのか、女物の赤い襦袢《じゅばん》を覗《のぞ》かせた若い男だった。

男は小さく頭《かぶり》を振ると、そのまま一方へ駆け去って行った。

さくらはしばらく男の背中を見送っていたが、河原から見上げている鮫島の姿に気づくと、何事もなかったように橋番に急いだ。

「……?」

見上げていた鮫島の胸に、なぜか苦いものが広がった。

川の流れが変わったのが、音で分かった。

遺体は直ちに奉行所に運ばれ、検分の結果、匕首で殺されたと判断された。

しかし、只の匕首ではなさそうだった。

というのは、傷口は外からは見えないが、体の中で剔《えぐ》られたようになっている。心の臓が破裂しているのだ。まるで、火薬で爆発でもしたように。

「火薬……？」

薙左が疑念を抱くのへ、戸田は説明した。いつもの加治、鮫島、世之助もいる。

「この数日の間に、同じ手口でふたりの商人が殺された。先日、殺されたのは、『天野屋』……そして、目の前の仏は『北海屋』……いずれも、江戸で屈指の廻船問屋だ」

身元はすぐに分かったのである。

「近頃は物騒な世の中で、匕首による殺しは珍しいことじゃねえが、こんな奇妙な死体はめったにない」

と戸田が言うと、薙左が聞き返した。

「ということは、同じ下手人の仕業だということですか」

「うむ。しかも、その下手人にたまさか俺が出会ったやもしれぬ」

「どういうことですか」

「つい昨日のことだ」

戸田は所用があって、公儀大目付・小野寺明鏡《おのでらめいきょう》を訪ねていたときのことである。

離れで談笑していたふたりに向けて、植え込みの陰から棒手裏剣を構えている男がいる。黒装束の忍びだった。

その男に気づいた戸田が見やると、男はニヤッと笑って手裏剣を投げた。とっさに、

「危ない！」

と小野寺を庇って、戸田は踏み出て抜刀し、棒手裏剣を打ち落とした。手裏剣はすぐ横の柱にビシッと突き立った。

かと思うと、ドカン——と火花が破裂して、柱が欠けた。

次の瞬間、数人の忍びが現れ、猛然と迫ってきた。明らかに小野寺を狙っているように見えた。黒装束は勢いが衰えることなく、続けざまに棒手裏剣を打ちつけてくる。

戸田は小野寺を座敷に押し倒して、刀で手裏剣を落とすこともしなかった。

逆に、小柄を投げはなった戸田は、相手が怯《ひる》んだ隙に中庭に駆け下り、忍びのひとりを斬った。かに見えたが、腕をかすかに掠《かす》っただけだった。

だが、戸田の豪剣に怯んだのか、素早く逃げ去った。

「その時、柱に突き立った棒手裏剣の先には、火薬が仕込まれていて、爆発するからくりに

なっていたのだ」

「もしや、ふたりの商人は、その棒手裏剣で受けた傷……」

薙左が尋ねると、戸田は頷いた。

「そのとおりだ」

「ですが、お奉行。棒手裏剣は落ちていませんでしたが……ねえ、サメさん」

「あるいは、殺した後に抜き取ったのかもしれぬ……天野屋は……この北海屋も検死をすれば分かるだろうが、内臓が焼けただれている。一撃で確実に殺すためだ」

船手の面々に、異様なまでの緊張が走った。

「それにしても、お奉行……何故、その忍びたちは、小野寺様を狙ったのでしょうか」

「分からぬ。小野寺様も心当たりは何ひとつないと言うのだ。もちろん、大目付ゆえな、自分が気づかないうちに怨みを持たれることもあろう」

「…………」

「公儀でも探索を始めておるが、いずれも川で見つかった事件故な、おまえたちも探索せねばなるまい。まずは、大目付とふたりの廻船問屋……それが、どう繋がっているかだ」

いつも飄然《ひょうぜん》と物事を受け流す戸田の表情が、いつになく固かった。

薙左は、戸田が大目付を訪ねた理由が気になっていた。だが、なぜか戸田は、幕政に関わる重要な秘密でもあるのか、はっきりとは答えなかった。

二

江戸で一、二の繁華街である両国橋西詰は、今日も相変わらずの賑わいだった。

だが、物見遊山《ゆさん》ではなく、様子の妙な客で溢れている。世の中は景気が悪く、仕事にあぶれた者たちが、職を求めて来ているのである。橋の袂にある口入れ屋『近江屋』を訪ねる者が増えたからである。

もっとも、武家や商家の娘なども、相変わらず着飾って、この世の春を楽しんでいる姿も多い。まさに繁栄の陰に、貧しい暮らしを強いられる理不尽な世の中の縮図が、この町にはあった。

そんな通りを——。

ひとりの渡世人が歩いて来た。烏《からす》と呼ばれる黒合羽に三度《さんど》笠《がさ》、長脇差を小粋《こいき》に帯に挟んでいる。顔ははっきりと見えないが、右目の下に鮮やかな刀傷がある。

男はある居酒屋の前で立ち止まった。

店の表で、遊び人が数人、数間ほど離れた所に並び立てた徳利を目がけて、小石を投げ当てて賭け事をしている。的当てである。

人相のよくない遊び人が、三個程、小石を投げて、ようやく一本に当たった。だが、徳利は倒れも割れもしない。

「すまねえ……通してくれねえかな」

入口に陣どっている遊び人が邪魔なので、渡世人が声をかけたのだ。

「なんだ、てめえ……」

「酒を一杯、所望したいと思ってな」

「悪いがな、兄さん。ここは堅気の来る店だ。兄さんが来るような所じゃねえよ」

「そうですかい……」

「とっとと行きな」

言いながら、遊び人がさらに小石を徳利目がけて投げていたが、なかなか当たらない。

「下手くそだな」

渡世人はそう言うなり、手にしていた胡桃《くるみ》を礫にして投げた。

次の瞬間、並んでいる徳利がすべて倒れた上に、吹っ飛んだ。

胡桃の中には火薬が詰め込まれていたらしく、見事に破裂した徳利を見て、遊び人たちは驚いたものの、愉快そうに手を叩いた。

けて、胡桃を投げた。

「凄《すげ》えな、兄さん……」

「何でもいいから、その辺りのあるものを思い切り遠くに投げてみな」

遊び人は足下にあった小さな銚子を摑んで、ポーンと空高く上げた。渡世人はそれを目がけて、胡桃を投げた。

——パン。

見事に命中した上に、破裂したのを、遊び人たちは啞然と見ていた。

すると、橋の番人が何事かと駆けつけて来る。

「兄さん。面倒な輩が来やした。あいつにはこっちが言いくるめやす。あっしと一緒に来てくれやせんか」

遊び人の一番の兄貴分が、平身低頭で声をかけた。

「あっしは、銀次《ぎんじ》というものです。決して、悪いようにはいたしやせんから。ささ、どうぞ、どうぞ……酒なんぞ、こんなしょぼい店で飲まずとも、たんまりいい酒を……」

「何処へ連れてこうってんだ」

「まあ、それは着いてからのお楽しみってことで」

銀次と名乗った遊び人はなぜか嬉しそうな顔で、腰を屈めながら、渡世人を招いた。

連れて来られたのは、そこから目と鼻の先の口入れ屋『近江屋』であった。

間口こそ大きくはないが、ずらり並んでいる人の数から、

——なかなかの遣《や》り手《て》だ。

ということが分かる。

隅田川が見下ろせる二階の一室に案内された渡世人は、窓辺の手摺りに座って、煙管を吹かしていた。

見れば、元はここが船宿だったことが分かる。目の前に広がる幅広の川は、荷船や漁船がごった返している。夏の日射しを浴びて、眩《まぶ》しいほどであった。

手を翳《かざ》して遠くを眺めると、水に浸《つ》かっている橋が見える。

それは欄干などなく、ただ平板なもので、橋の上を水が滔々《とうとう》と流れていた。

「ああ。あれは、潜《もぐ》り橋です」

廊下から入って来た割腹のよい羽織姿の主人が、穏やかな笑みで声をかけた。

振り返った渡世人は小首を傾げて、

「潜り橋……？」

「ご存知ありませんか。その名のとおり、洪水などが起こったときは、水面の下に沈むようになっていて、流されないような仕掛けになっているのです」

「ほう……」

「冠水橋、流れ橋、沈み橋などとも呼ばれ、荒川なんぞには沢山ありますよ。そこの橋は、舟が通る時には、浮力を利用して開くカラクリになってますが、まあ、高い橋を架ける方が、手間暇も金もかかりますからね。潜り橋の方が意外と丈夫で、利便であることが有り難い……もっとも、今のように水嵩《みずかさ》が増えれば、役に立ちませんがね」

「………」

「ああ、挨拶が遅れました」

主人は深々と頭を下げた。渡世人の刀傷に怯えるどころか、気にする様子もなく、

「私が近江屋の主人・吉兵衛《きちべえ》でございます……さぞや名のある親分さんのようですが」

「冗談じゃねえ。俺はただの旅烏。赤城《あかぎ》の勇吉《ゆうきち》というしがねえ博打打ちだ」

「ここに案内した銀次の話によると、かなりの凄腕だとか」

「――あの銀次ってのは、おまえさんの手下かい？」

「いえ。町の遊び人で、金で用心棒代わりにしているだけです。近頃は、本当に物騒な世の中になりましたからねえ」

値踏みをするように吉兵衛は、勇吉を見やると、

「早速ですが、その凄腕とやら、私に貸していただけませんか。これでも、口入れ稼業の方では、色々と付き合いがありましてね」

「…………」

「実は、私も離れていた所から見ていたのですが、空に投げた銚子を一撃で……それだけの腕を放っておくのは、宝の持ち腐れだと思います。金は、たんまり弾ませていただきますよ」

「つまり用心棒ってわけかい」

「いいえ……」

「では、殺しの手伝いでもしろと？」

「手っ取り早く金が摑めるでしょう。見たところ、あまり懐の方は……温かくはない、でございましょう。えへへ」

「足下を見やがって」

「ええ。大坂の食い倒れに、京の着倒れ。江戸は履き倒れっていうくらいですからね。如何でございましょう……実は今まで使っていた手練れのお侍が、使い物にならなくなりましてねえ」

　凝視する吉兵衛の目つきは、まっとうな商人ではない。闇の顔役というところだ。しかも、この自信の溢れようは並々ならぬものがある。よほど凄い後ろ盾があるのか、自分が黒幕なのかは分からぬ。

勇吉はじっと吉兵衛を見ていたが、

「——断る」

と答えて、立ち上がった。

「そうはまいりませんよ」

あっさりと言葉を返した吉兵衛が言うと、先程の遊び人の他に、数人の浪人たちも姿を現して、あっという間に取り囲んだ。

一瞬、緊張が走った。

「こっちは、言いたくもないことを話したんですよ。このまま帰れると思う方が、渡世人として甘いんじゃありませんか？」

「………」

相手を見据えながら、勇吉の指が袖の内側に這っていく。すでに胡桃を掴んでいるのが、はっきりと分かった。

「俺が殺される前に、近江屋、おまえの体が吹っ飛んでるぜ」

勇吉がそう言った途端、吉兵衛はアハハと高笑した。実に可笑《おか》しそうに笑って、

「冗談ですよ、親分さん。さすが度胸も据わってなさる。人殺しなんてのも作り話……どうぞ、ここを宿代わりにして、江戸見物でも楽しんで下さいまし」

「…………」

「酒でも女でも……もちろん、こっちの方も好きなだけ、お供させて貰いますよ」

と吉兵衛は、盆壺をひっくり返す真似をした。

——油断ならねえ。

勇吉はそう思ったが、黙って座り直して、

「では、遠慮なく、まずは酒を貰おうか」

と微笑み返した。

三

船手奉行所近くの『あほうどり』では、薙左が加治に天野屋や北海屋について調べて来たことを報せていた。

おばんざいのように並んだ里芋の煮っ転がしや鰯《いわし》の南蛮漬け、鯖《さば》の味噌煮込み、手羽先の甘辛煮などを適当に皿に盛り、それを肴《さかな》にして、加治は手酌で飲んでいた。

「そうか……小野寺様と殺された廻船問屋の関わりはない、というのか」

「はい。店の者も家人も、まったく心当たりがないとか。一応、帳簿や日誌、蔵の中のものなども調べましたが、何も……」

「小野寺様には、お奉行からも改めて当たって貰ったが、こっちも見当がつかぬ」

「…………」

「奇妙な武器だけにな……容易に繋がるとは思わなかったが、少しばかり面倒な事件かもしれぬな」

「はい。天野屋と北海屋についても、まあ同じ問屋仲間ではありますが、誰かに狙われている節もなく、特に繋がりはありません……あ、この手羽先、めちゃくちゃ美味いですね、女将さん」

と薙左が厨房に声をかけると、

「でしょ？　ゴマメちゃん、鳥が好きだから、ちょっとでも元気になって貰おうと思って。結構、仕込みが大変だったんだから」

「ありがとうございます……」

さらに薙左がむしゃぶりついたとき、世之助が転がるように飛びこんできた。

「まずは一杯――」

と酒をぐいっと呷ってから、ふうと溜息をついて、

「加治さん。例のお尋ね者が、死体で上がりやした」

「例の？」

「ええ。とにかく、来て下せえ」

折角、気持ちよく食べていたのに、事件ならば仕方があるまい。薙左を引っ張るように、加治は店を飛び出した。

吾妻《あずま》橋近くの自身番に、その死体は預けられていた。

すでに町方が出張《でば》ってきており、南町の伊藤俊之介が岡っ引の弥七とともに、土間に置かれた浪人の亡骸を検分をしていた。ふたりは、駆けつけて来た加治と薙左の姿を見るなり、険悪な表情を投げかけて、

「これは船手の事件じゃありませんよ」

伊藤が声をかけたが、加治はまったく無視して、遺体を確かめた。姿形、着物、腕の傷や身の丈などをじっくりと検分し、

「――なるほど。殺しで、お尋ね者になっていた久保《くぼ》敬之助《けいのすけ》に間違いないようだな」

と加治が言うと、伊藤が不満そうな声で割り込んだ。

「加治様……そっちが出てくることはありやせんよ。道中手形もこのとおり。懐に大事そうにありましたよ」

広げて見せた。そこには――

『上総飯野《いいの》藩藩士、久保敬之助』

とある。それは贋物《にせもの》ではなく、藩が発行したものであることは間違いない。

「しかし……どうして、ここまで顔がひどく火傷《やけど》をしているのだ？」

素朴な疑問が加治に起こったが、伊藤はそんなことはどうでもよいような反応だった。だが、加治はピンときていた。

「なあ、薙左……このお尋ね者を殺した武器は、例のものではないか？　あれならば、もし首や頭に命中したとしたら、こうなるやもしれぬな」

「まさに、そうですね……」

「――例のもの？」

伊藤がそれは何だと気がかりだったようだが、加治は一言も語らず、検分を続けた。

開け放たれた腰高障子の外には、野次馬が何人か集まっているようで、弥七が犬を追い払うように蹴散らそうとした。何気なく、外を見やった薙左は、ひとりの男が気になった。

勇吉である。

合羽は着ていないが、目の下にある傷が痛々しい。

ほんの一瞬、薙左と目が合った勇吉は、その風貌とは逆に、おどおどしたような顔になって目を逸らせた。勇吉の隣には、銀次が一緒にいた。

　──あいつは……。

　薙左が銀次の方へ近づこうとすると、勇吉はハッと息を飲んで、その場から立ち去ろうとした。

「兄さん方……」

　追って来る薙左を、勇吉と銀次は振り返った。

「ひょっとして、自身番の仏、知っているのではないですか？」

「知りませんね」

　銀次が答えた。にべもなく言い捨てて、表通りに向かうふたりを、薙左が見送っていると、世之助が駆けてきた。なぜか手には刀を抱えている。

「加治様……すぐそこの河原の葦原に、このようなものがありやした」

　刀と脇差の二本を差し出した。

「その仏のものと思われますが……」

「え？」

　加治は不思議そうに刀を持った。

「どうして、刀を外していたんですかねえ」

「大小を捨てたところを、例の火薬手裏剣で打たれたとか……」

抜き払うと、なかなかの業物《わざもの》だった。

「妙だな……こんな名刀、下級藩士が持てるとは思えぬが……世のさん、これだけの刀だ。持ち主を洗ってみてくれ。これが、仏のものだとすると……ひょっとすると、ひょっとする」

訳の分からぬ言い草で加治は頷いた。だが、世之助は承知したように、刀と脇差を抱えて、また飛び出して行った。


深川七悪所とはよく言ったもので、真っ昼間から、遣り手婆《ばばあ》が往来する男たちを呼び込んでいた。

ずらりと並ぶ岡場所の見世には、それぞれ綺麗どころが格子の中で、シナを作って手招きをしている。若いのから年増、綺麗なのから、しこめまで、好みによって見世を選べるようになっている。

そこへ——銀次が勇吉を引っ張るようにやって来た。勇吉の方は強面とは違って、随分と腰が引けている。

「今更なんですか、兄さん。たらふく飲んで博打をやったら、次は女……そうでしょうが、さあさあ」

「勘弁してくれ。俺はどうも、こういう所は苦手でな。女が可哀想《かわいそう》に思えて」

「下らねえことを。女も喜んで、やってるんですよ」

銀次は馴れ馴れしく肩を組んで、勇吉を馴染みの遊郭へ連れ込みながら、

「岡場所で遊びたいって言ったのは、そもそも兄いの方じゃないですか」

「遊びたいと言ったのではない。『松之屋』という遊女屋を知らぬか、と聞いただけだ」

「妓楼とは恐れ入ったが、ここ深川で松之屋といえば、ここだけだ。さあ、入ったり、入ったりイ」

遊女屋の二階に上がった勇吉は、銀次と別の部屋で待っていた。

すると、ひとりの美しい遊女が、「お邪魔します」と入って来て、当然のように横に並んで座った。

「すまぬ……この見世に、おくに……という女はおらぬか。あ、本当の名を使っているとは思えぬが……」

「あんた、おくにちゃんの何なんだい？」

「いるのか？」

勇吉がすがるように尋ねると、遊女は縦に首を振った。

「だったら、呼んでくれないか」

「なんだねえ……顔を見るなり、取り替えられるのかい。あたしゃ、これでも、この見世じゃ一番さね。銀次さんに是非にと頼まれたから来てやったのにさ」

悪態をつきながらも、遊女はおくにを呼びに行ってくれた。態度は悪いが人がいいのが、遊女の相場である。苦労しているがゆえであろう。

おくにという遊女は小柄で、年の割にはまだあどけなさが残る顔の女だった。部屋に入って来るなり、おくには全身が固まった。そして、盆に載せていた銚子を落としてしまった。

「あっ……申し訳ありません……」

慌てて手拭いで拭《ふ》こうとするおくにの手を、勇吉は摑んだ。

「おくにさん……」

「ち、違います……私は本当はそんな名ではありません」

「惚けなくてもいい」

逃げようとするおくにの手をぎゅっと握り締めて、

「待ってくれ。俺が知りたいのは、久保敬之助殿の行方だ」

「え……」

「奴は何処にいるのだ？　今し方、お尋ね者の久保殿の亡骸が見つかった……と自身番に届けられたが、それは別人だ。少し似てはいるが、あれは違う。俺が見間違えるわけがないであろう」

「…………」

「教えてくれ。何処にいるのだ」

懸命に迫る勇吉に、おくには思わず首を振って、

「本当に知らないのです……私はもう何年も会ってませんから」

「そうなのか？」

「はい——」

勇吉は愕然とし、項垂れておくにの手をそっと放して、

「あれから、何があったというのだ」

「…………」

「俺にも話せないことなのか？」

俯いたままのおくにの目から涙が落ちて、膝《ひざ》が濡れた。

「——勇吉さん……あなたは藩で随一の花火職人だった……そのあなたが大砲作りに狩り出されたのは承知しています……いえ、それは私の夫、久保が命じたことでしたね」

「……ああ。藩が幕府に黙って大砲を作ることは御法度。いや、もっとも申し出ても許しな

ど出まいがな」

　おくには小さく頷いて、

「あなたはそれが嫌で、藩から出て行ってしまった。それを気にした久保は、あなたを庇うように、大砲作りは反対だと国家老に訴え出ました。けれど……」

「やはり無理に……」

「はい。ですから、私たちも覚悟をして、飯野藩を出たのです。けれど、浪人の暮らしは思っていたよりも厳しく……しかも、この景気の悪さで、その日暮らしすら成り立たずに……」

　夫の借金の形に岡場所に売られたと、おくには噛みしめるように言った。

「そうでしたか……」

　勇吉は同情の目で見やったが、おくにはそうは受け取らず、

「生き恥を晒している私を、わざわざ探しに来たのですか」

「それは違う……」

「死ぬ覚悟ならできています。でも、その覚悟があるから、私は生き恥をさらしているのです。それは……それは……」

「娘のためか」

おくには決然と頷いた。

「まだ、五つ。こんな小さな子なのです……もちろん、私が遊郭で働いていることなど知りません。遠くの大店で働いていると思っています。けれど、あの子は……私と再び会うのを楽しみに待っているのです」

「………」

「それが、母として出来る唯一のことですから」

ふと窓から外を見やると、遠くに、潜り橋が見えた。

しばらく佇《たたず》んで見ていたが、突然、雨が煙ってきて、あっという間に消えてしまった。

蕭々《しょうしょう》と降る雨音がやけに大きく聞こえる。

「たしか……おみつだったたか」

「……何をしようというのですか？」

「何もするわけがない」

「――勇吉さん……あなたはやはり、夫を……久保を許せないのですね。殺すつもりなのですね。そうなのですね」

ほんの一瞬、身を固くした勇吉だが、窓の外の遠くを眺めて、

「潜り橋って言うそうだ」

「え――？」

「水嵩が増えると見えなくなるが、いつかはまた上がってくる……そしたら、渡ることができるらしい」

「……………」

「おくにさん……あんたにも向こう岸に渡れる日が必ずくる」

それだけ言って、勇吉は部屋から出た。

ひとり残されたおくには、ふいに窓の外を見た。雨足が強くなり、その向こうの景色は何も見えなくなった。

四

「これ！　そんな所でしゃがみ込んで何をしてるんです！　さっさとしなさい！」

年増の女中に怒鳴られた上に、頬をバシッと叩かれて、おみつは吹っ飛んだ。転んで柱に頭を打ち、傍らにあった盥《たらい》の水を廊下にひっくり返してしまった。

「まったく、鈍くさい子だねえ！」

女中が持っていた箒《ほうき》を振り上げたとき、野太い声がした。

「それくらいにしといてやれよ。大きな木綿問屋の女中がすることじゃねえやな」

女中が振り返ると、中庭に勇吉が悠然と立っていた。その強面を見て、女中は腰が抜けそうだった。

「だ、誰ですか……だ、旦那様！　旦那様ア、変な人が！」

騒ぎながら逃げ出した女中を横目で見ながら、勇吉は手招きをした。

「私……？」

おみつは自分の鼻を指さした。

「おみつちゃんだろ？」

「うん」

「この店は、あまり楽しそうじゃないな」

「でも、ご主人は優しいよ。ちゃんと御飯も食べさせてくれるし」

そう言いながら、おみつは勇吉に近づいていって、じっと顔を見た。

「恐くないのかい？」

「ううん……でも、その目、痛そう……」

「随分、前にやった傷だからな。もう痛くもなんともないよ」

勇吉は自分で傷に触れてみせた。

「目は大丈夫なの？」

「ああ、よく見えるよ。でもね、おっちゃん、痛くても泣いたりしなかった……おみつちゃんの母ちゃんも、泣かずに頑張ってるからね」

「——母ちゃんのこと知ってるの？」

「え、ああ……父ちゃんとも友だちなんだ。もし、会ったら、おみつちゃんは元気だよって話しておくからね」

「うん。ありがとう」

素直なおみつを見て、勇吉は自分の方が安堵《あんど》したように頷いた。

「じゃ、また来るからね」

立ち去る勇吉を、おみつは少しだけ寂しそうな目で見送っていた。


その頃——。

待ち合わせた蕎麦屋で、加治は世之助から、報せを受けていた。

名刀は堀川国広で、持ち主は駿河《するが》田中藩藩士の神村栄三郎《かみむらえいさぶろう》だと分かった。

「てことは……昨日の仏は、お尋ね者の久保敬之助ではなく……」

「この神村って奴かもしれません」

「身代わりか……だから、顔をほとんど爆薬で潰していた」

　世之助はその通りだと頷いて、

「で、その神村が、妙な遊び人と話していたところを見た者がいたんです」

「妙な遊び人？」

「はい。ちょいと調べてみましたら、両国橋西詰にある『近江屋』という口入れ屋の用心棒をやってる銀次という奴でした」

「銀次……」

「そいつが、居酒屋で神村を何かに誘っていたようで……死体で見つかったのは、その翌日ですから、やはり何かあると考えるべきでしょう」

「その近江屋ってのを、探ってみる必要がありそうだな」

「ええ。前々から、怪しい仕事を紹介しているという噂もありますしね」

「怪しい仕事？」

「ええ……例えば、殺し……とか」

　加治と世之助の表情に緊張が走った。鮫島や薙左とも示し合わせて、事と次第では、一気《いっき》呵成《かせい》に踏み込むかもしれぬと覚悟した。

その近江屋では居候同然の勇吉が、

「仕事をくれ」

と主人の吉兵衛に頭を下げていた。

「いずれ、そうくると思ってましたよ。私の見立てが間違ってなければ、あんたはかなりの修羅場をくぐってきている。だが、ワルに成りきっていない」

「………」

「親分さん。本当の渡世人になろうって人は、人に情けをかけちゃいけません。自分だけは助かる、生き延びる。そのためなら、手段は選ばない。……綺麗事を言ったところで、世の中、とどのつまりは、そういうことなんですよ」

「小難しいことはどうでもいい」

勇吉は両手をついて、

「背に腹は替えられないってだけだ。手っ取り早く金になるなら、おまえさんの言うとおり、手段は選ばねえよ」

「よろしいでしょう。実は、親分さんのような腕の人に、早速にもやって貰いたいことがあったんですよ」

「その親分さんはよしてくれ。勇吉でいい」

「では、勇吉さん……詳しい話を致しましょう」

「詳細はいい。下手に事情を知れば、決意が鈍ることもあろう。ただし、前金で百両貰い受けたい」

「前金で百両……これは、また法外な」

「法外が聞いて呆れる。法に背くことばかりやってるくせに」

「……ま、いいでしょう。その代わり、仕事はきっちりとやって貰いますよ」

　手文庫から、切餅を四個出した吉兵衛は、勇吉の前に押しやった。勇吉はそれをしっかりと摑むと、

「で……誰を殺せというのだ」

　と訊く。すると、吉兵衛は声をひそめて、

「大目付の……小野寺明鏡様を」

「――大目付!?」

　勇吉は驚きを隠せなかった。

「何故、大目付を」

「これはおかしなことを。たった今、勇吉さんの方が、理由は聞かぬと申されたのでございますよ」

「…………」

「それとも、相手が大きすぎて尻込《しりご》みをなさいましたかな？」

「そうではない……そうではないが……」

「大丈夫でございますよ。ええ、手配は私どもがいたしますので」

不気味に笑った吉兵衛を、勇吉はじっと見据えていた。

その顔は般若《はんにゃ》のように鋭かった。

五

花の向島《むこうじま》と呼ばれている。

宵闇の中、三味線や小唄があちこちの路地から聞こえていた。情緒溢れる花街が続いて、検番からほんの一丁ばかり離れた所に、その料亭はあった。

表には、何人もの紺羽織の家臣たちがうろついている。大目付の遊興とあって、警戒は凄かった。

その奥の一室では、芸者の花一や木の葉が、小野寺に寄り添って酌をしている。

「物騒な世の中になりましたねえ……大目付様が狙われるなんて。しかも、手裏剣と聞きましたが、大丈夫ですか？」

　花一が心配そうに言った。

「うむ。大丈夫だ」

「おお恐い。まさか、ここにも襲ってこないでしょうねえ」

「それはない。理由は分からぬが、既に下手人は、何者かに殺された」

「そうなのですか？」

「ああ。枕を高くして寝られるのは、そのためだ」

「でも、その下手人を殺した人は、一体、誰なんでしょう。やっぱり何だか、恐い。命を狙われるなんて、大目付様も大変なお勤めなんですね」

「だからこうして、息抜きが要るのだ」

　小野寺はふざけて、ひょっとこのような、おかしな顔をして見せた。ぷっと笑う芸者衆は、その手を取って、〝鬼さんこちら〟でもして遊ぼうと誘った。

　少し酔いが回っているので、足下はおぼつかないが、ゆっくりと立ち上がった小野寺は、目隠しをされた。

「鬼さん、こちら」

「手の鳴る方へ」

「ほら、ほら、御前様」

「こちらでございますよ。こちら」

などと芸者衆が手を叩いて、囃し立てると、ほろ酔いの小野寺は陽気な顔で、懸命に捕まえようと、座敷の中を手探りで歩きまわった。微《かす》かに指先に芸者の着物が触れるが、何度もするりとかわされてしまう。

そんなことを何度か繰り返しながら、

「それにしても、御前様。天野屋さんと北海屋さんも殺されたらしいけれど、どうして、御前様を？」

「さあな、そんなことは下手人に聞け……」

と言いかけた小野寺の足が止まった。

「いや……あの廻船問屋のふたりは……」

何か思い当たる節があると、不安な顔になって、目隠しを取ろうとしたそのとき、

——シュッ。

と飛来した胡桃が、小野寺の目隠しをしている顔面を襲った。

同時、バンと激しい音とともに破裂した。

芸者たちは驚いて、その場に崩れ、警備をしていた家臣たちが慌てて、奥座敷に飛びこん

できた。だが、すでに小野寺は絶命しており、微動だにしていなかった。

「や、やられた……！　探せ、探せえ！」

家臣たちは料亭の中や外を、不審な者がいないか探し回った。その騒動は、一晩中、続いたが、結局、下手人は見つからなかった。


「申し訳ありません」

薙左は戸田に頭を下げた。

実は、近江屋に聞き込みに行ったとき、勇吉の姿を見かけた。

――おや、この男は……？

偽《にせ》の久保敬之助の亡骸が担ぎ込まれたとき、自身番の外の野次馬の中にいた男の顔だと思い出した。声をかけたが、そそくさと立ち去った。その時に銀次という男も一緒にいたと分かった薙左は、

――何か、あるに違いない。

と直感して、尾けていたのであった。

その行き先が、小野寺が来ている料亭だったときは、正直驚いた。だが、まさか、そこで殺しが行われるとは思わなかった。

「甘かったのです……小野寺様にはあれだけの家臣がいましたし……」

「いいや。おまえだけのせいではない」

戸田は首を振った。

「俺がもっと注意を促しておくべきであった、小野寺様に」

傍らで聞いていた加治が身を乗り出し、

「ということは、やはり……例の殺し屋の仕業に間違いなさそうですな」

「いや……違うな」

と言ったのは、鮫島だった。

「む？　どうしてだ」

「此度は、前のとは違って、手裏剣ではない。そして、たった一発、しかも、暗い中でありながら眉間に命中させた。かなり腕の立つ奴の仕業だ」

沈痛な面持ちの戸田は、薙左に聞き返した。

「そのとき……何か気づいたことはなかったか……その勇吉なる渡世人が屋敷内に入ったのを見たとか」

「すみません……はっきりとは……」

「まこと、甘いな……」

「ただ、私が前もって調べたところでは、その勇吉なる渡世人は、小さな女の子と会っていた節があります」

「女の子？」

「ええ。とても親切な人だということで、まさか殺しをするとは……」

思ってもみなかったと薙左は言った。

「とにかく、近江屋の周辺をもっと厳しく、徹底して探れ。これ以上、犠牲を出してはならぬからな」

「はい……」

「それにしても、大目付を執拗に狙った輩は一体……」

何者かと思うと、戸田も焦らずにはいられなかった。

その話を――出前を持ってきていたさくらが聞いていた。

「渡世人、勇吉……」

という名が、さくらは気になっている様子だった。

翌日――。
浅草寺の境内の片隅の団子屋に、参拝帰りの勇吉とおみつは立ち寄った。傍からみれば、親子にしか見えない。

「何をお願いしたんだい？」

　勇吉が訊くと、おみつは団子の蜜《みつ》をぺろりと舐めながら、

「早く母ちゃんと会えるようにって」

「そうか……」

「おじちゃんは？」

「俺か？　うん……俺も……おみつちゃんが、早く母ちゃんと暮らせるようにってな」

「ほんと？」

「ああ。必ず一緒になれる。近いうちにな」

「近いうちに？」

「――ああ」

「ありがとう」

　ニッコリと屈託のない顔で笑ったおみつは、目の前の団子を見つめながら、

「おっちゃんは食べないの？　おいしいよ」

「欲しかったら、これも食べな。なに、おっちゃんは子供の頃に食べ飽きた」

「ほんと？　じゃ、貰うよ」

喜んで食べていると、鐘がゴーンと鳴った。

すぐさま、おみつは立ち上がって、

「帰らなきゃ」

「もう？」

「ご主人に叱られる。じゃあね」

駆け出す幼い子の後ろ姿を見て、勇吉は胸が締めつけられる思いがした。

店はすぐ近くにある。勇吉が眺めていると、またあの年増の女中が雷を落としているのが見えた。だが、勇吉はぽつり、

「間もなくだから、我慢しな……」

と呟いた。

そこに、ぶらりと薙左が歩み寄った。

「――また会いましたね」

勇吉が怪訝に見やると、薙左は真顔のままで、

「吾妻橋の自身番で」

「！……」

「恐い顔をしてるから、てっきり悪い人かと思ったけれど、人は見かけによらない……いい

ところがあるんですね。あ、これは失礼な言い方でしたかね」

「…………」

「ああ、私は船手奉行所同心……」

早乙女薙左だと名乗ると、勇吉は少し驚いた顔をしたが、あえて逃げようともしなかった。

湯上がりのようなさっぱりしたような顔で、

「話があるなら、他で……今の子供には見られたくねえんで」

数丁離れた小さな掘割まで来たふたりは、お互いの間合いをさりげなく取っていた。薙左としては、

――殺し屋かもしれぬ。

という思いがあったし、勇吉の方も、いつ斬られるか分からぬと警戒していたからである。

「大目付様を殺したのは、あんただね」

「ええ？」

「きのう、私はずっと、あんたを尾けてたんだ。ただ……あの料亭の近くで見失った。それが、私の失敗だった」

「何を言い出すのかと思えば……」

勇吉は自嘲《じちょう》気味に笑って、

「たしかに俺は、見てのとおり渡世暮らしだが、人殺しだけはしたことがねえ」

「………」

「あんたなら、人のひとりやふたり、殺したことがあるんじゃないのか。公儀のお役人だからな」

薙左は忸怩たるものがあった。

「それとも、この顔のせいで疑っているのかい？」

「いや……その懐にある、胡桃のせいだ」

一瞬、ギクリとなった勇吉は、懐に手をやった。薙左はそれを黙って見ながら、

「上総飯野藩では、花火師だったそうじゃないか。火薬を扱うのはお手のものだ」

「どうして、それを……」

「船手は関東のあちこちに船を出しているしね、粗方のことは調べればすぐに分かる」

「………」

「勇吉さん。あんたは悪い人間ではなさそうだ。俺と一緒に、お上にお恐れながらと出ないか。うちのお奉行は、それこそ顔も口もあるが、温情のある御仁だ」

「折角だが、そうはいかねえんだよ」

「なぜだ」

「まだ、やることがあるんでな」

「あの娘っ子のことか？」

「それもあるが……」

言い終わらぬうちに、勇吉は駆け出した。咄嗟に追う薙左に、勇吉は懐からするりと胡桃を摑んで投げた。だが、それは、薙左にではなく、地面に向けてであった。

ドカン——！

爆音がして煙が上がったと同時、ドボンと水の音がした。

「勇吉イ！」

薙左は叫んだが、すでに勇吉のすがたは消えていた。

そこへ、伊藤が駆けつけてきた。

「おい、船手……とんでもない獲物を逃がしてしまったな。だから、甘いって言うのだ。鳥居様も言うておる。もう手を引け」

「…………」

「聞こえているのかッ」

薙左は何も答えずに立ち去った。伊藤は唾棄《だき》するように、ケッと険悪な声を吐き出して、苛立ちを表した。

六

江戸城の芙蓉之間から、老中首座の水野忠邦に呼び出された戸田は、いつになく険しい顔で、詰め部屋に赴いた。

水野は今や飛ぶ鳥を落とす勢いで、後にいう天保の改革を行っている最中であった。ゆえに経済対策や財政改革、幕府に謀反を企てる危険分子や百姓、さらには藩を潰すことに躍起になっていた。はっきり言って、

――船手の事件なんぞ、どうでもよい。

立場であった。

だが、今般は大目付が町場で殺されるという大事件である。南北の町奉行や目付らも狩り出して、大がかりな探索が続けられていた。

しかも、小野寺と水野は改革においても、深い繋がりがあるはずだ。水野は鳥居を可愛がっているゆえ、戸田とはなんとなく馬が合わなかったが、今般に関しては、篤と話を聞いておかねばなるまいと判断したのだ。

「あれは、もう一年程前になるか……儂は、大目付の小野寺に命じて、ある男の身辺を探らせておった」

「ある男……ですか」

「さよう。その男は、幕閣でありながら、いや、幕閣であるからこそ、己が権力に胡座をかいて、悪行をしている噂があってな」

「悪行ならば、鳥居様も相当のワルですがね」

「その話は置いておけ」

「…………」

「で、調べたところ、儂の目は正しかった。そやつは公儀御用達《ごようたし》を決める立場にあったから、商人たち……ことに廻船問屋には、莫大な賄賂《わいろ》を要求しておったのだ」

「賄賂を……まあ、欲惚けならば、やりそうなことですが」

「ただの賄賂ならば大目に見ることもある。だが、公儀御用達だけに、上様の名を騙《かた》りおった。のう、戸田。上様の名が出れば、誰でも恐縮しようというもの」

「――はい」

「儂は色々と策を弄《ろう》して追いつめたが、イザという段になって、商人たちは口を閉ざした。報復を恐れたのだ」

「なるほど……」

戸田は扇子で自分の膝を打った。

「その不正について、敢然と話そうとした商人が、天野屋と北海屋でございますか」

「うむ……その男は、不正がばれそうになって、職を失ったゆえな。此度《こたび》の一件も、公儀に怨みを抱いてのことであろうな」

「怨み……で、その男とは」

「若年寄の堀内監物《ほりうちけんもつ》」

「堀内様が……」

戸田もまんざら知らぬ仲ではなかった。川船番所は若年寄支配である。当然、廻船問屋にも関わってくる。

「なるほど……これは下手をすると、船手奉行所の不覚ということにも相成りますな」

「さよう。おまえの首が飛ぶやもしれぬ」

水野はチョンと自分の首に、手刀をあてがって見せた。

堀内は既に、上総飯野藩の大名の身分のみであり、若年寄ではない。よって拝領屋敷は公儀に戻し、両国矢ノ倉にある江戸上屋敷に住んでいた。

その離れでは、茶を点《た》てている堀内の姿があった。隠居姿で、風流人を気取っているが、目は爛々《らんらん》と輝いていた。

その前には、吉兵衛が控えている。

「これで……三人を消したことになるが、残るは……水野忠邦だけだ」

「承知しております」

「できるか、それが……」

「私を見くびって貰っては困ります。これでも、関東はもとより、六十余州に手の者がいる……口入れ屋でございます」

「とんだ口入れ屋だがな。すぐに、金、金と鳴く奴でな」

「鳴らない鐘なら、いりませぬ」

「ふん。上手いことを言いよる。好きなだけ金は持っていけ。水野の命が消えるなら、千両でも二千両でも安いものじゃ」

「言いつけのままに」

吉兵衛は笑いを噛みしめるような顔で、しかと頷いた。

——そのふたりのやりとりを、植え込みの陰から、世之助がしっかりと見ていた。

「……とんだ、食わせ物だ……」

背中がぶるっとなって、しばらく、その場を動けなかった。

その世之助が動いたのは、夜が更けてからで、船手奉行所に帰ったときは、戸田を中心に重苦しい雰囲気が漂っていた。探索がうまく進んでいないのかもしれぬ。

「薙左……おまえらしくねえ、失敗だったな」

勇吉を捕り逃がしたことを話していたのである。

「申し訳ありません……」

「おまえ、まだあのことを忘れられねえのかい？」

と加治が、薙左の顔を覗き込んだ。

「忘れるなとは言わねえが、一刀両断に斬ったバカ殿様は、ああでもしない限り、またぞろ何かをやらかし、他に不幸を背負う者がいたはずだ」

「だからといって……」

「――だからといって、殺してはならぬ。それがおまえの気持ちだってことは、重々、承知しているが、やらなければ、おまえが殺されていたかもしれぬ。鮫島もな」

戸田が唸るような声で、間に入った。

「しんどいようだったら、今度の一件から引いてもいいんだぜ」

「いえ……申し訳ありませんでした」

と薙左は、勇吉を逃がしたことが悔しいと言って、

「十分、気をつけていたのですが……」

「だが、次に会ったとしたら、怪我じゃ済まないかもしれねえ」

「ところで、加治さん……」

「なんだ」

「勇吉が会っていた小さな娘……おみつの母親は、深川の遊郭で働いています。その女が何か知っているかもしれません。会ってみてくれませんか？」

「おまえが行けばよいではないか」

「自信がありません。そういう場所の女には……」

「チッ。いつまで経っても、甘ちゃんだ。そういう役なら……」

加治は鮫島を見やった。

「俺……？」

「口説き上手だからな」

「こちとら、大怪我だってのに、まったく人使いが荒いねえ、船手奉行所は」

と言いながらも、やる気満々であった。

七

鮫島が客のふりをして、『松之屋』に入ったのは、その夜のことだった。

だが、目当てのおくにには、既にその日、郭《くるわ》を去っていた。年季を終えたのではなく、身請けをされたからである。

「身請け……？」

「ああ。しかも、百両という大金でさ」

遣り手婆が嬉しそうに話した。

「百両……」

「身請け金なら、そんなにいらないと言ったんだけれど、その人はポンと切餅を置いていったんだ」

「それは誰だい？」

「ちょっと前にも、一度、来た男で……昔馴染みとか言ってた」

「昔馴染み……」

「ああ。たしか勇吉って人で、顔のここに……」

「刀傷、か」

「そのとおり。なんだ、知ってるんじゃないですか、旦那」

大概のことを察した鮫島は、おくにが行きそうな場所を尋ねた。

「そんなの分かりきってますよ」

「ん？」

「娘のところじゃないかね」

そう断ずる遣り手婆の言うとおり、娘のおみつの奉公先に向かった鮫島だが、浅草寺近くまで来たとき、店の前で行きつ戻りつしている女の姿に目が留まった。

「もしや……おくにさんではないか？」

「……？」

「娘にすんなり会いに行けないのは、なぜだい」

どうして、そのことを知っているのかと、おくには不思議そうに鮫島を見やったが、船手同心と名乗ってから、

「ちょいとした事件について探ってる」

「事件……」

「あんたも知ってる勇吉がやらかした事件だ……大目付を殺した」

「ええ!?」

驚きを隠し切れないおくには、思わず口を押さえた。狼狽して道端にしゃがみ込んだ。

「大丈夫かい……」

「もしかして、あの身請け金は……その……その報酬か何か……」

おくには愕然となって、後は声にならなかった。鮫島はその体を支えながら、近くの茶店の奥の小上がりに入った。

「──おくにさん。あんたは、勇吉とどういう仲なんだい?」

「…………」

「言ってくれないか。奴は、勇吉はどうして、金で人を殺すような人間になったんだ」

「あの人が……それは、本当に本当ですか」

鮫島は辛かったが、誠だと頷いた。絶望に陥ったわけではないが、おくにはがっくりと肩を落として、

「私がいけないのです。ええ、何もかも私が……」

「どういうことだ?」

「あれは、もう五年も前のことになります……勇吉さんは、その頃、飯野城下では一番の花火師でした」

「飯野藩……!?」

元若年寄・堀内監物の領地ではないか、と鮫島は思った。

「城下だけではありません。関東八州でも一番の花火師でした。ですから、勇吉さんは、あちこちの祭には欠かせない職人でした」

「うむ。そうらしいな」

「けれど、殿様の命令で、大砲を作ることになりました」

「大砲を……」

「はい。その指揮役が、飯野藩番方鉄砲役だった……私の夫、久保敬之助でした」

「!?――あの、殺された……とされてる」

「そうです」

おくにには、その事情は詳しくは知らないが、鮫島に説明を受けて後、さらに続けた。

「私の夫も大砲作りには反対でした。しかし、藩主の堀内様は絶対に作れと、頑《かたく》なに命令しました。もし、作らなければ、私も生まれたばかりの赤ん坊だった、おみつも殺すと言ってきたのです」

「………」

「ですから、夫は、勇吉さんに頼みました」

勇吉も初めは拒んでいた。花火は大勢の人々が楽しむための、夜空に咲く花だ。その技術を、人殺しの大筒に使うわけにはいかないと。

だが、勇吉にも母親と妹がいたから、藩主の脅しに屈するしかなかった。

それでも、勇吉は最後の最後まで反対して、久保に訴えた。だが、久保は抜刀して、

「俺の言うことが聞けぬのか。俺の命令は藩主の命令だ」

と脅した。

するとと、勇吉はデンと座り込んで、

「そうかい……人殺しになるくれえなら、死んだ方がましだ」

「なんだと？」

「ひと思いにやるがいいぜ」

「おまえひとりじゃ済まぬ。母親も妹も同じ目に遭うぞ。それでも構わないのか」

勇吉はしばらく悩んでいたが、決心したように、

「構わねえ……おっ母さんも妹も、俺が嫌だってんだから、納得してくれるだろうよ」

「貴様ッ。それでも……！」

人の子か、と怒鳴りながら、久保は思わず刀を振り下ろしていた。

その切っ先が、シュッと勇吉の目を掠めた。それがあの傷である。

深傷となって残ったものの、勇吉の方もその一撃で、どこか吹っ切れたのか、恐ろしくなったのか、

「分かったよ……望み通り、立派な大筒を作ってやる」

と約束した。

その代わり、母親と妹には手を出さず、領外に出してくれと懇願した。その望みを、久保は色々と手を廻して実現した。

そして――。

淡々と勇吉は大筒作りを進めた。領内の腕のいい鍛冶《かじ》や武芸者と話し合いながら、強力で命中度の高いものを、わずか半月程で作り上げた。

大筒の披露目は、城下の外れにある鷹《たか》狩り場で執り行われた。

的になる大きな建物なども予《あらかじ》め作っておき、まるで出陣のような出で立ちで来ていた藩主の堀内は、浮き浮きとしていた。風や湿度などを計算に入れながら、大筒を撃つときがきた。

「その大砲……大筒に点火したのは、主人でした。ですが、その大砲は暴発し、あらぬ方へ弾が飛び出し、藩主の目の前に落ちたのです」

おくには自分が見たかのように話した。殿様の陣幕は燃え上がり、草むらもぼうぼうと炎となって、家臣たちの中にも火傷をする者がでた。

激怒した藩主は、久保と勇吉をすぐさま手討ちにしようとした。だが、勇吉は、

「これは失敗ではありませぬ。私は、殿様……あなたを撃つように狙っていたのです。もちろん、殺すつもりはありません。こんなつまらぬものを作るのは止めるよう、ご進言するつもりでした。ただし、久保様の知らぬことです。私が勝手に、そう仕掛けました」

堂々とそう言ったものだから、藩主は益々、カッときて、勇吉を斬り捨てようとした。それを止めたのが、久保だった。

事実、久保の知らぬことだったが、藩主の気は治まらない。ふたりとも城内に囚われ、酷い拷問を受けた。

しかし、殺すまでのことをしなかったのは、たまたま、大目付の小野寺が領内に視察に来ていたからだった。大筒を作った上に、その失敗を理由に手討ちにしたとなれば、

――必ず幕閣に睨まれる。

ただでさえ、賄賂や抜け荷などをしていることもあったので、あくまでも、

――新しい花火作りに失敗した。

ことにして、勇吉を追放にしたのだった。

「その後……私の夫も、色々と悩んでいたようですが、藩主に逆らうことはできません。勇吉を追って消せ……などと命じられました。それまで帰ってくるな、と藩を出ることになっ

たのです」

「…………」

「ですが、夫も元々は人を殺せるような人ではありません……だから、貧乏暮らしをして、子供を手放し……私も……」

鮫島はそこまで聞いて、呆れたよと声を返した。

「おい――」

と声をかけると、さくらが現れた。隣の小上がりで聞いていたのだ。

「勇吉は……このさくらと幼馴染みでな」

「え？」

「一緒になろうと約束をしてたんだ。だが、あんなことがあったから、こいつに愛想づかしをして、姿を消した……だろう？　それが、この前、隅田川の土手でばったり……まさか、渡世人だの、人殺しになろうとは思ってなかった……あんたの亭主は、このさくらまでも殺そうとしたんだってよ……そして、大筒を作らせた」

「!……」

「まあ、それは仕方がねえ。女房子供を人質に取られてるんだからな。けどよ、問題はその後だ……藩を出てからの亭主の態度はなんだ？　何処で何をしていると思う」

「わ……分かりません……」

「だろうな。勇吉は、それを探っていたんだよ。自分が人殺しにまでなってな。そして、おまえたち夫婦を救おうとまで考えてた」

「え……？」

「奴は……勇吉は後悔していたんだよ。きちんと発砲させて、いい大砲を作っていれば、誰も傷つかなかったかもしれない。おまえたち夫婦が、藩を追い出され、こんな目に遭うこともなかったろうに……ってな」

「…………」

「あんたの亭主が何をしているか……本当の姿を知らないようだな」

おくには鮫島の話を聞いて、目の前が真っ暗になってきた。だが、どうしてよいのか分からず、心が大きく波立っていた。

八

千住橋の荒川側にある破《や》れ寺に、吉兵衛が訪ねて来たのは、同じ日の夜半過ぎのことであった。何度も振り返りながら、尾行がないかたしかめたが、

——どうも気持ちの悪い何かがある。

と感じていた。

こういう時には、さっさと仕事を済ませるに限る。悪い予感というものは概して当たるものである。吉兵衛はそう思っていた。

寺の本堂には、不動尊が祀られており、憤怒の顔で見下ろしていた。

吉兵衛を待っていたのは、久保だった。長年の浪人の割には血色がよく、仕立ての良い着物を身につけていた。

「——ほう、そうか。あの勇吉が、おまえの所に現れた」

久保は何とも言えぬ苦々しい顔になった。心の奥では、自分たちの人生を狂わせた奴だと逆恨みしているのである。

むろん、女房のおくにを苦界から救ったことなど知らず、娘のおみつのことを気にしていることも承知していない。

「というか、久保の旦那……勇吉って奴は、その爆薬の技で、大目付を殺してくれやした。一撃でね」

「え？」

「奴も、いわば私たちの仲間みたいなものですよ」

「ふむ。皮肉なものだな」

「けどねえ……勇吉はどうもワルになりきれない。そこが気色悪いんですよ」

「……だな。俺なら、藩主をひと思いに、ぶっ飛ばしていただろうな」

「でしょう？　ですから、早いとこ、消してくれませんかね、その刀で」

そそのかされて、久保は刀を手にすると、居合で空を切ってみた。

その途端、勇吉の目を斬った感覚が蘇《よみがえ》った。

「殺すのは一向に構わないが……俺が出張るまでもなかろう。銀次たちだけで十分なのではないか？」

「まあ、そうですが……自分で始末をつけたか、ありませんか？」

訝しげに吉兵衛を見やった久保は、その鋭い目を光らせた。不動像のような怒りの籠《こ》もった表情に、吉兵衛も少々、怯むほどであった。

「旦那……出会った頃より、いい顔になりなすった。まさに人殺しの顔ですぜ」

そう言ったとき、ギイッと観音扉が開いて、表から、勇吉が入ってきた。

「銀次たちを使うまでもない。こっちから参上してやったぜ、久保さんよ」

手には胡桃を二、三個持っている。

「！――ゆ、勇吉……」

一瞬、ビクッと立ち竦んだ久保を、勇吉はじっと睨みつけた。

「長かったな……この五年……俺もあんたも、食い扶持を失って、とんでもない人生を歩まされてしまった。馬鹿な殿様のせいでな」

久保の顔がなぜか恐怖に歪《ゆが》んだ。

脳裏にチラッと勇吉を斬りつけたときの光景がまた浮かんだからだ。

勇吉はじわりと久保に近づきながら、

「あんた……女房をあんな苦界に沈めておきながら、自分は人殺しを生業《なりわい》にして、贅沢な暮らしをしていたんだってな」

「…………」

「それでも、女房子供のために罪を犯しているならば、まあ許してもよいと思ったが」

言いながら、勇吉は胡桃をボンと床に投げつけた。一瞬にして、床板が割れ、その下から千両箱が現れた。

「たんまり溜めてるようだな……これだけの金があれば、おくにさんを助けることくらい簡単なことじゃねえのかい？　娘のおみつは、小さな手で年増の女中に扱《こ》き使われている。なんとも思わねえか？」

「…………」

「なぜだい」

　勇吉の手が、胡桃を握り締めた。その威力を知っている久保は、思わずしゃがみ込んで、投げるなと叫んだ。

「ま、待て……勇吉……悪かった。おまえのその顔を斬ったこと……だからって、俺だけが悪いのか？　おまえだって……」

「おまえだって、なんだ」

「…………」

「俺は知ってるんだ。領外に出た母親と妹を斬ったのは、おまえだってことをな」

「⁉……」

「まさか、殺し屋にまで成り下がっているとは思わなかったが、恐れ入ったよ。藩主の命令だから、殺したのか。俺の母親と妹を殺さなければ……てめえの女房子供が、殺されていたのか⁉」

　悲痛に叫ぶ勇吉は感情が昂ぶって、涙がじんわりと溢れてきた。

「俺の母親も妹も……何も知らないことだった……なのに、てめえは……！」

「待ってくれ。命だけは助けてくれ。このとおりだ、命だけは！」

「母親と妹もそう言っただろうにな」

「頼む！　お願いだ！」

　土下座をして頭をすりつける久保の哀れな姿を、勇吉は見下ろしていた。

「――こんな男でも、おくにさんは待ってるんだよな」

「え……？」

「娘のところで、おまえを待つと言ってな」

「ほ、本当か？」

「だが、父親の手が血で染まってしまっては、まっとうな人生が歩めまい」

「…………」

「どうだ。すべてを話して、真っ白になって、女房と子供にはなむけとしないか」

　勇吉の声は優しくなった。

「実は俺も……船手の旦那に諭されてよ……すべてを話して、罰を受ける決心がついたんだ……本当だ。だから、あんたも一緒に、どうだい」

「俺は……」

「あんたが頼りにしている、この近江屋吉兵衛は、裏で堀内監物と繋がってる。俺たちをこんな目にあわせた奴だ」

「…………」

「だから、すべてを話せば、後は水野忠邦様が善処して下さるそうだ」

久保は肩をぶるぶると震わせて泣いている。そう見た勇吉は一歩、近づいて、さらに説得しようとした。

その時――。

躍り上がった久保は勇吉に斬りかかった。一瞬、仰け反った勇吉は胡桃を落としてしまった。それは、ころころと転がったまま不発だった。強くぶつけないと爆発しない仕掛けになっている。

「くらえ、勇吉！」

ブンと激しく刀を振り回す久保から、勇吉は必死に身をかわした。

「久保……てめえ！」

「おまえに言われるまでもなく、堀内様がすべての黒幕とは先刻承知だ。おまえを殺すこと、それが今の俺の仕事だ！」

上段に刀を振り上げたとき、勇吉は袖から胡桃を出した。

今にも投げんとしたとき、

「よせッ」

と強い声があって、薙左と鮫島が飛び込んで来た。

「こんな奴でも殺せば、勇吉……おまえはまた人殺しを重ねることになる」

鮫島はそう言って止めた。

「おまえの殺しは、あの一件でいい。あの金で、おくにさんは救われた。女郎の暮らしから足を洗えた。それでいいじゃねえか……いや、よくはねえが、少なくとも……こいつよりはマシだ」

と鮫島は久保を指さした。

それでも、勇吉は胡桃を握り締めて、振り上げた。

「う、うわッ」

情けない声を上げて、久保は逃げ出そうとした。

その背中に――ブンと飛来した棒手裏剣が突き立って、久保は声もなく倒れた。投げたのは吉兵衛であった。

そして、寺の裏に停泊させてあった小舟に飛び乗って、闇の中に逃げた。

「愚か者めが……」

薙左の心の奥に、新たな怒りが芽生えた。

その気持ちを察したように、勇吉は最後の胡桃を、思い切り吉兵衛の乗る小舟に向かって投げた。風を切る音を立てて、カツンと船縁に当たった。

次の瞬間――。

ドカン、と一発の轟音《ごうおん》がして炎を上げながら、小舟は吹っ飛んだ。

しばらく火の粉《こ》が散っていたが、やがて静かな闇が訪れた。

九

「危ういところであったのう、吉兵衛」

「はい。まったくもって……でも、どうせアレを投げられると思うてましたから、事前に川に飛び込みました」

「悪運の強い奴めが」

「堀内様ほどではありませぬ」

船手奉行には再三、苦い目に遭わされているから、堀内は屋形船は避けていた。江戸上屋敷に閉じこもって、勝利の美酒に酔っていた。自分にとって邪魔な奴がすべて消えてくれたからである。

「ですが、勇吉がまだ……久保の女房もおりますし……」

「奴らが何を言うたところで、所詮は花火師崩れの渡世人。船手が味方をしても、揉み消すことなど雑作もない」

「はい」

「それよりも、儂の最後の狙い、水野をどうするかだ」

「それならば……新たな鉄砲鍛冶を集めて、江戸府内にて大筒を作り、登城途中の水野様の行列をそのまま狙い打ちにするのは如何でございましょうや」

「随分と派手だのう」

「はい。大きな夢を見ましょう」

吉兵衛が笑ったとき、

「――そして、その夢から覚めることはない」

という声があって、戸田が単身で乗りこんで来た。

「貴様……」

「船手奉行戸田泰全。先刻の川船爆破につき、船手にて〝天下御免〟の探索に参った。堀内様、老中首座水野様がお呼びですので、ご同行願いましょうか」

戸田が毅然と言うと、堀内は静かに立ち上がって、やにわに鴨居《かもい》にかけてあった槍を摑み取った。穂先の鞘を振るい落とすと、

「下級旗本の分際で、大名屋敷に乗りこんで来るとは、押し込み同然。成敗してくれる。そ

こへ直れ！」

「お見苦しい。槍を引きなされ」

「黙れ、黙れ。ええい、出会え！　賊だ。賊が押し込んで来おったぞ！」

堀内が叫んだが、家来は誰ひとり駆けつけて来ることはなかった。

「……どういうことだ」

啞然となったまま、それでも身構える堀内に、戸田は言った。

「家来たちは、ずうっと、あなたについて行くのはしんどい、疲れたと思ってたようですな。家老をはじめ重職たちも、老中からの下達文が届くなり、我が身可愛さに、すべてを正直に話しはじめた……あなたの不行跡をな」

「…………」

「どうします。ここで私と勝負して果てるか、水野様の前で申し開きをするか。それとも、この場で切腹するか」

「お、おのれ……」

吉兵衛はもう逃れられないと思ったのか、がっくりと床にへたり込むと、気が可笑しくなったように笑いはじめた。乗りこんで来た薙左たちが、すぐさま縄をかけた。

堀内はじっと戸田を睨みつけていたが、槍を投げつけた。軽くかわすと、槍は背後の壁に

突き立った。それを見届けるように、堀内は上座に座ると、

「見るがよい、戸田……儂は死なぬ……儂は死なぬぞ……いずれ、おまえたちを呪い殺してやる……徳川一門もな！」

そう言いながら、脇差を摑むなり、背中を向けてグサリと腹を切った。だが、刃の入りが浅すぎた。

堀内があまりにもあえぎ苦しむので、

「――御免！」

戸田は自分の刀を抜いて介錯《かいしゃく》した。

江戸の海は晴れやかだが、いつものように白波が高く、十石船は大きく揺れていた。船頭の世之助は、横波を避けながら、舳先を上総の方へ向けた。

振り返ると江戸の町並と遥か遠くに富士山が見える。そして、永代橋から上流に、隅田川が逆流する風景も見えた。

船には、おくにとおみつ親子が乗っており、薙左が付き添っている。

「勇吉さんは……この船とは反対の方向。南の八丈島に行きました……御赦免花が咲けば、国元に戻って、花火師としてまた暮らせるかもしれない」

久保のことは語らなかったが、おくにはすべて分かっていた。おみつは幸か不幸か、久保の思い出がかけらもない。

「おっちゃん、また会いに来てくれる。そう言ったのになあ」

「うん。いつか必ずね……勇吉さんのお陰で、母ちゃんは……」

「母ちゃんは？」

「ううん。何でもない。これからは、ずっと一緒だよ」

「うん、一緒だよ」

おみつの笑顔が、おくににとって一番の救いだった。

「あ、ほらほら！」

海面からでも、隅田川に潮水が逆流しているのが分かる。真水と潮水がぶつかり合って、波が大きくなっている。

ずっと上流に……この船からは見ようがないが、潜り橋があると、おくにが言った。勇吉に教えて貰ったという。

「水嵩が増えると見えなくなる橋……減れば渡れるんですってね」

おくにが言うと、薙左が答えた。

「たしかに洪水の折などには強いからいいけれど、川船にとっては危ない橋だから、いずれ外すつもりです」

「そうなんですか？」

「隅田川は両岸の土手がしっかり守っていて、水位が上がっても、分散して堤が決壊しにくいように出来てるんです」

「……………」

「ですから、ああいう〝潜り橋〟は不要なのです」

「なるほど……なまじ、橋があるからいけないのですね」

「え？」

「向こう岸とこっちの岸……よい岸と悪い岸……水嵩があっても、渡ろうとするから、いけないんですね」

「……………」

「橋は流れないけれど、無理に通れば、人は流されてしまう」

「……………」

「夫も勇吉さんも、上手く渡れなかった。でも、渡る橋がなかったら、無理をしなかったかもしれない」

おくにはそう自分に言い聞かせるように呟いた。

薙左はうまくは言えないが、おくにの気持ちが痛いほど分かる気がした。

「こっから先は揺れますぜ」

世之助が声をかけると、舳先がぐんぐんと波をかぶってきた。

ザザン、ザザン――。

遥か行く手には房総の山々が、船を迎えてくれている。

「よい日和《ひより》だ」

薙左は思わず口から出た。

「これからも、よい日和が続く。ええ、必ず続きますよ」

力強く言った薙左の声に、母娘《おやこ》は降り注ぐ陽光のような笑顔で頷いた。

白い波しぶきは、その笑顔を包んで、いつまでも燦《きら》めいていた。

この作品は書き下ろしです。原稿枚数374枚（400字詰め）。

船手《ふなて》奉行《ぶぎょう》うたかた日記《にっき》

花涼《はなすず》み

井川《いかわ》香《こう》四郎《しろう》

平成21年6月10日　初版発行

発行人——石原正康
編集人——菊地朱雅子
発行所——株式会社幻冬舎
〒151-0051東京都渋谷区千駄ヶ谷4-9-7
電話　03(5411)6222(営業)
　　　03(5411)6211(編集)
振替00120-8-767643
印刷・製本——中央精版印刷株式会社
装丁者——高橋雅之

幻冬舎文庫

ISBN978-4-344-41310-8　C0193　い-25-5